ネンレイズム
開かれた食器棚

山崎ナオコーラ

目次

ネンレイズム

開かれた食器棚

ネンレイズム

こんにちは、私は年齢《ねんれい》愛好家の村崎紫《むらさきゆかり》です。

私は年齢が大好きです。人間に年齢というものがあって、本当に良かったです。人は社会から、年齢にふさわしい行動を求められますよね。私も、求めます。他人が年齢を公表しているのを見ると、「その年齢通りにしろ」と、強く思います。

私は、自分の年齢を、六十八歳と公表することにしました。

こう考えたのです。「どんな申込書にも年齢を記す欄《らん》が必ずある。年齢という数字によって喚起《かんき》される、その人らしさがある。年齢と、その人らしさがきちんと合致《がっち》していれば、その人は社会的に認められるんだ」「数字を公表する。そのあと、その数字にふさわしい自分になるよう努力する。そのことによって、人は社会に馴染《なじ》んでいくんだ」。

それで、私は申込書の年齢記入欄に六十八と書き、その数字にふさわしい自分になる努力をしていくことにしました。

河合《かわい》先生は怒《おこ》りました。

「おい、村崎。これは公的な書類だ。私的な手紙とは違うんだ。私は、村崎のふざけた性格を、はっきり言って、好いている。生徒に対して、好きだと言っていいのかは、わからんが。ともかくも、私は人間の個性を尊重するために教職に就《つ》いているのだからな。その個性によって、好いたり嫌ったりする。好いている生徒のことは応援する。できるだけ自由に社会を泳いでいけるよう、背中を押したい。だが、村崎のこの申込書。これはいかんな。背中は押せない。ふざけていいときと、ふざけてはいけないとき。これを見極められるようにならないと、社会に出てから、ふざけていいときでもきっちりふざけられなくなるぞ。そりゃあ、学校では大概《たいがい》、ふざけることが許される。しかし、社会では、なかなか認められんものなのだ。それを、今、私が教えてやる。公的な場所でもふざけてしまうくせは、矯正《きょうせい》せねばならん」

運転免許の取得希望者は学校を通して申し込むことになっています。放課後の教室で、記入済みの「自動車教習所申込書」を河合先生に渡し、席へ戻ろうとしたら、呼び止められたのです。教壇《きょうだん》の上で書類をかざし、河合先生は、おい、と語り出したのでした。

「先生、ワシは、ふざけていません」

私は言い返しました。

「ふざけていない？」

「ワシは、ふざけていません」

「ふざけていない」

河合先生は復唱し、書類を教壇にいったん置き、腕《うで》を組みます。

「ふざけていません……。どうして先生は、ワシのことを、『ふざけている生徒』と思ったのでしょうか？」

私は首を傾《かし》げました。「ふざけている人間だ」という自己認識なんて、まったくありません。

「それは、たとえば、村崎が常に変わったショールを巻いて登校してくるからだ」

河合先生は、私の服装を指摘《してき》しました。

「これは、おばあさんっぽいファッションなんです」

私は、毛玉のいっぱい付いた、臙脂色《えんじいろ》のぼろぼろのショールを、いつも巻いています。

「おばあさんにもらったのか？」

河合先生はいぶかしみます。

「いいえ。血縁の人を指《さ》す呼称《こしょう》ではなく、年齢のいった女性全般を指す言葉の方です。

『年齢が高い人っぽいショール』ということです」

「つまり、村崎はおばあさんというものをファッションとして捉《とら》えている」

「いいえ、いいえ」

「コスプレをしている」

「いいえ、いいえ」

私は、グレーのエプロンドレスの上に、臙脂色のショールをかけています。足下はからし色の三つ折り靴下《くつした》です。でも、コスプレのつもりなんてありません。

「自分のことを『ワシ』と言う」

「ふざけていません」

「じゃあ、なんでだ？」

「年齢にふさわしい一人称を探《さぐ》っているところです」

「ワシというのはおじいさんの一人称だろう」

「ワシは年齢にこだわりたいだけなので、性別はどっちでもかまわないんです」

「十八歳の女子高生という村崎にふさわしい一人称は『私』だ」

河合先生は首を振《ふ》ります。

「ワシは、この年齢です」

私は、申込書の年齢欄を指さしました。

「六十八歳？」

「はい」

「五十歳も鯖《さば》を読みたいのか？」

「鯖を読むってなんでしょうか？」

「辞書で調べることだな」

「わかりました。帰って調べます」

「とにかく、もっと若者らしく、爽《さわ》やかになれ」

「若者らしさに馴染めない若者もいます」

「もっと青春を謳歌《おうか》しろ」

「謳歌しません」

「もう二度と、今のように過ごせる期間は人生に訪れないんだぞ。高校生活は一度きりだぞ」

「今しかできないことというのは、そんなにも優先させるべきものなのでしょうか？」

「あとで、後悔《こうかい》しても知らんぞ」

「後悔したとしても、自分の責任ですから。先のことはいいんです。私は、今、おばあさんっぽくなりたいんです」

「はい、書き直して、また明日持ってこい」

河合先生は、申込書をつっ返してきました。私は受け取り、一礼して席へ戻りました。

そして、教科書などと一緒に書類をシルバーカーへ仕舞い、帰り支度《じたく》を済ませました。


「先生、さようなら」

荷物を引っ張っていき、教壇の前で軽く頭を下げてから、教室を出ようとすると、

「村崎さん、待ってください」

後ろから、かん高い声で名前を呼ばれました。

「はい」

私は振り返りました。

「ねえ、一緒に帰りませんか?」

紫《むらさき》さんというクラスメイトが、急いで帰りの準備をしたのか、バッグとコートをめちゃ

くちゃに抱《かか》えて、教室の前方へ来ました。身長が百四十センチちょっとしかない上に、細っこい体なので、とても荷物が重そうです。百六十五センチある私とは、体格にかなり差があります。私は立ち止まり、紫さんがスクールバッグ風の紺色《こんいろ》のバッグを足に挟《はさ》んで、ミニ丈《たけ》のダッフルコートに腕を通すのを待ちました。荷物を持ってあげようか、とも思ったのですが、勇気が出ず、ただ黙《だま》って見ていました。

紫さんの名前は優香里《ゆかり》といいます。フルネームは紫優香里です。クラスに友人がまったくいない私ですが、クラスメイトに興味がないわけではありません。授業中に指名されて答える様や、休み時間に耳に入ってくる雑談から、それぞれのキャラクターを推測して楽しんでいます。紫さんには、以前から好感を抱いていました。

まず、私の名前は村崎紫で、漢字は違えども、紫優香里さんとは、ムラサキユカリという同姓同名なのです。それだけでなく、紫さんの苗字《みょうじ》は、私の下の名前と同じ漢字です。

そして、もうすぐ十二月です。八ヶ月も同じ教室に通っているのです。友だちでなくても、それなりに親しみを感じていて当たり前です。

「はい。一緒に帰りましょう、紫さん」

私は頷《うなず》きました。

「良かったです」

紫さんはにっこりしました。

「はい」

「じゃあね、かわいい先生」

紫さんは、教壇に立つ河合先生に片手を挙《あ》げて挨拶《あいさつ》し、廊下《ろうか》に出ました。私もあとに続きます。

下駄箱《げたばこ》から靴を取り出し、上履《うわば》きから履《は》き替《か》えます。紫さんは、ハルタのローファーでしたから、するっと履いて外に出ていきます。私は、ビーン・ブーツという、いちいち紐《ひも》を通し直して結ばなくてはならない靴なので、時間がかかります。

昇降口から差し込む、四角く白い冬の日光を背に受けて、逆光の顔を私に見せながら、紫さんは立っていました。

「すみませんねえ」

私は簀《す》の子《こ》にしゃがみ、もたもたと紐の下に紐をくぐらせます。

「ゆっくりでいいですよ」

紫さんは笑いました。リボンタイをゆるく結び、イーストボーイのセーターの上に制服風のジャケットを着て、その上にダッフルコートを羽織《はお》っています。下は、膝上《ひざうえ》十センチのプリーツスカートに紺色のハイソックスという格好《かっこう》です。

私たちの高校は、「服装自由」なので、紫さんの格好は、はっきり言って、周《まわ》りから浮いていています。制服っぽいジャケットやスカートは、一体どこで買ったのでしょうか？　私には想像もつきません。

「お待たせしました」

私が簀の子から立ち上がると、

「電車通学ですよね？」

紫さんは重いドアに体全体を押し付けながら開け、外階段を降り始めます。

「いいえ。歩きです。でも、駅の向こう側なんで、駅までの道は一緒です。紫さんは雪野《ゆきの》駅からJRですか？」

私も追いかけます。

「ええ。二駅乗って冬之宮《ふゆのみや》まで帰ります」

「そうですか」

「ねえ、さっき、かわいい先生との会話を聞いちゃったんですけれど」

階段を降りきり、両脇《りょうわき》が田んぼという寂《さび》しい車道を歩き始めます。

「ええ」

私は続きを促《うなが》します。

かわいい先生というのは、私たちの担任の先生のあだ名です。河合という苗字であることと、「ムキになって先生ぶろうとする仕草が可愛《かわい》い」ということが由来です。四十八歳の女性の先生です。

「申込書を提出していましたね？」

紫さんは書類を示すように、指で四角を作りました。

「ええ、『自動車教習所申込書』です。でも受け取ってもらえませんでした」

「自動車教習所へ行くんですか？」

「いいえ。ただ、申込書というものを書いてみたかっただけです。年齢の欄に、六十八と書きたかったんです。どうせ受理されないと思っていました」

私は言いました。

「良くないですよ、そんなことするの。免許取得を目指して真面目《まじめ》に通う人もいるんですから」

紫さんは片眉《かたまゆ》を上げました。

「紫さん、自動車教習所へ行くんですか？　……確かに、真剣に申込書を書いている人からしたら、ワシの行動はいらつくものだったに違いありません。悪かったです。申し訳ないです」

私は、自分の行動を省みました。ただ、六十八と書いたことはまったく責めずに、やる気がないのに申込書を書いたことを怒る紫さんに対し、好感がさらに高まりました。

「いいえ、私は車を運転する気はありません。ただ、本気ではない申込書を書くなんて、おばあさんのやることじゃないって思っただけです。人生経験を積んだ人は、その歳月の分、人の気持ちがわかるようになって、ふざけすぎることはなくなるんじゃないでしょうか？」

紫さんは、私をたしなめました。

「でも、『いじわるばあさん』みたいなおばあさんもいますよ。それに、ワシはリアルなおばあさんになりたいわけではなくて、おばあさんっぽさを追求したいだけですから、本物のおばあさんになれなくったって、いいじゃないですか」

私は言いました。『いじわるばあさん』というのは、長谷川町子による四コマ漫画で、主人公のおばあさんがいたずらをしたり悪口を言ったりしまくる、今でも人気のある作品です。私も愛読しています。

「まあ、自動車教習所の件は、どうでもいいんです。私が興味を持ったのは、村崎さんの、『おばあさんっぽくなりたい』っていう発言なんです」

「はあ」

「村崎さんは、『森ガール』になりたかったわけじゃなかったんですね。おばあさんを目指していたんですね」

「ワシは、おばあさんっぽさを目指しています」

「私はてっきり、村崎さんは大分前に流行った『森ガール』っていうファッションをやっているのかと思っていたんですよ。ショールとか、変な色のチョッキとか。でも、それ、なんですか？　手押し車？　それはなんなんだろう、と前から謎《なぞ》で……」

紫さんは、私の荷物を指さしました。

「シルバーカーっていうんですよ。荷物が軽く運べますし、こうやって押しながら歩けば杖代《つえが》わりになりますし、ストッパーをかければ椅子《いす》にもなります」

私はシルバーカーを自慢しました。

「そこに教科書を入れているんですね」

何度も頷きながら、紫さんはしげしげとシルバーカーを眺《なが》め回しました。

「便利です」

私は頷きました。

「これまでは、時代遅れのファッションをしたい人なのかな、とか、目立ちたがりなのかな、とかと思っていたんです。……気に障《さわ》ったらごめんなさい」

紫さんは頭を下げました。

「いいえ」

私はぶんぶん首を振りました。

「でも、違ったんですね。私、村崎さんがおばあさんぶっていると知って、俄然《がぜん》、興味が湧《わ》いちゃったんです」

「ワシに興味を持ってくださったということで」

「ええ。それで、お友だちになりたい、と思ったんです」

紫さんは頬《ほお》を紅潮させました。

「まあ」

私は驚きました。

田んぼと田んぼの間にある道を、まっすぐ歩いています。私たちの通う雪野東高校は、田んぼのど真ん中にあって、駅までの道はずっと田んぼ沿《ぞ》いです。

「あのね、私は女子高生ぶりたいんですよ」

紫さんはくるりと一回転して、コートをふわりと広げ、プリーツスカートの裾《すそ》を揺《ゆ》らしました。

「はい。そのように見えます」

私は頷きました。

「わあ、嬉《うれ》しいです」

紫さんはにこにこしながら、私の手を握《にぎ》りました。

人なつっこいのだな、と私は意外に思いました。

私がこれまで、紫さんに好感を抱いてきた一番の理由は、まだ仲良くない人に敬語を使うところにありました。

学校にいれば誰だって、友人ではないクラスメイトとも話す機会があります。朝の挨拶や、物を拾ってくれた際など、紫さんは私に話しかけるとき、常に敬語です。

そして、観察してきた限り、仲良くなった人とはタメ語で話しています。仲の良いグループの子たちにはもちろん、先生にも、仲が良ければタメ語なのです。

ほとんどのクラスメイトが、「同じ年齢だから」という理由で、いきなり私にタメ語を使ってきます。タメ語という名称が、そもそも同学年など対等の意を表すタメという言葉を使った表現なので、使い方としては、それが正解です。

しかし、私は小学校でも、中学校でも、そして高校でも、「なんだか馴染めないな」と感じてきました。

「ワシは、紫さんに好感を抱いています。紫さんは、何歳ですか？」

私は言いました。

「十八歳です」

紫さんは言いました。

「もうじき、女子高生は終わりですね」

「ええ、でも、終わりのことは、考えていません」

「終わりのことを考えない……。どういうことですか？」

「今に集中したいということです。もちろん、卒業したら女子高生は止めます。でも、未来のことは考えません。人は未来のために現在を生きているわけではないからです。今、制服を着たい気持ちがあるから着る、それだけです」

そこで、駅前に着きました。発展してはいませんが、商店街があります。

「ワシも同じです。今に集中したいです。今、おばあさんっぽいことをやりたいからそうしている、それだけです」

私は深く頷きました。

「やはり、通じるところがありましたね」

紫さんはニヤリと、口の端《は》を上げました。

「ただ、紫さんは、ご自身が現実に十八歳だから、『今しかできないことをやりたい』と思っている、ということですよね。そこはワシと真逆ですね。おばあさんっぽさは、たぶん、死ぬまで続けられますから」

　私は言いました。

「……『今しかできないから』ってわけでもないですよ。あとでやれることでも、今やりたいことは今やりたいですし」

　紫さんは考えながら喋《しゃべ》ります。

「そうですか」

　私は頷きました。

「なんだか、喋り足りないですね」

「はい」

「良かったら、お茶を飲んでいきませんか?」

　紫さんが誘うので、私は頷きました。

　二人で喫茶店《きっさてん》に入ります。「くるみボタン」という店名が銅板《どうばん》に彫《ほ》り刻《きざ》まれて、緑色の庇《ひさし》にぶら下がっていました。古くて、手作り感のある店です。窓の格子には、エメラルドグリーンのペンキが塗《ぬ》ってあります。出窓で揺れる白いカフェカーテンには、様々なトーンの緑色をしたくるみボタンがたくさん縫《ぬ》い付《つ》けてありました。

白い髪をゆったりと結《ゆ》い上《あ》げ、レースのエプロンを締《し》めている、美しいおばあさんが、

「お二人？　どうぞ」

と中へ案内してくださいました。店内には他に、美しいおばあさんの知り合いと思われる、普通のおばあさんのお客さんがひとりいらっしゃいます。私たちが席に着くと、美しいおばあさんと普通のおばあさんは、お喋りを始められました。話の続きからだったので、ずっと雑談を交《か》わしていらっしゃったのでしょう。この街が変わったという話や、翼《つばさ》に白い帯《おび》があって腹がオレンジ色の小鳥が自分の家の庭に来るという話でした。

私たちは、ビニールに包まれた手書きメニューを二人で開き、頷き合って、

「おしるこを二つください」

と注文しました。

「まあ、ちょうど、いいお餅《もち》があるんですよ。あの方が、つきたてのを持ってきてくださったんです。昨日、おうちでお餅つきをなさったんですって。それで作りますね」

美しいおばあさんはそうおっしゃると、普通のおばあさんの方に手を向けました。

「あ、そうなんですか……」

私たちはもごもご言って、普通のおばあさんに会釈《えしゃく》をしました。

美しいおばあさんは、奥に引っ込みました。そして、

「あなた、おしるこ二つ」

キッチンに向かっておいでになっています。どうやら、ご夫婦でやっておいでの喫茶店のようです。

「ワシは、紫さんが敬語を使ってくれることを、とても好もしく思ってきました」

私はおしるこを待っている間に話し始めました。

「え？　そうなんですか？　といっても、丁寧語《ていねいご》をなんとか使っているだけで、尊敬語も謙譲語《けんじょうご》もあまり使えていないんで、敬語ってほどのものでもないと思いますけど……。だとしたら、もしも友だちになれたとしても、敬語使いを続行した方がいいですか？　それがご希望なら、そうします」

「いいえ、それはどちらでもいいんです。関係が変わっていくとき、タメ語などに自然と変化するのは、むしろ楽しいかもしれません。ただ、これまでのことが、嬉しかったってだけの話です。今まで、話しかけてくれた同級生にワシが敬語で返すと引かれてしまうことが多かったので……。『クラスメイトにはタメ語』という暗黙のルールがあるみたいで、それをワシが破ってしまっているような感覚があったんですけど、紫さんも破ってくれていたから」

「そうなんですか。でも、まあ、タメ語で話しかけたときに敬語で返されると寂しいというのはありますよ。『敬語で話しかけてくるということは自分と仲良くなりたくないんだな』と受け取ってしまう人もいると思います。私だって、仲良くなった、と自分では認識してタメ語に変えたのに、相手から敬語で返されたときなんて、そりゃあ、嫌《いや》な気持ちになりますよ。その、『引いていた』っていうクラスメイトの子も、悪気はなくて、寂しいな、と思ったのが顔に出ちゃっただけでしょうね。『同い年』というカテゴリーに入っている人に対して、『仲良くなれる』ってひと目見たときから感じる人はいます。いろいろな人がいます。ただ、私の場合は、人間は年齢でくれるものではないと思っていますから、同い年の人でも最初は敬語で話しかけることにしているんです」

紫さんはそう言って、透明なプラスチックで覆《おお》われた卓上《たくじょう》メニューをいじりました。

「……あの、年齢でくるのは嫌だ、ってことですか？」

私は質問しました。

「同じ年齢、同じ性別だからといって、一足飛《いっそくと》びに仲良くなるなんて、無理だ、と思います」

紫さんは、こっくりと頷きました。

「急には仲良くなれないと？」

私は尋ねます。

「人と人とは、少しずつ少しずつ、仲良くなっていくしかないと思います。年齢や性別で区分けして、同じ区に入る人を、自分と同じ人、あるいは自分と似た人、と捉える人が多いのかもしれません。同じ人や似た人とはすぐに友だちになれるとか、違う人や似ていない人とは少しずつしかわかり合えないとか、そういった思い込みを、私もちょっと前までは持っていました。でも、本当にそうだろうか、と。ひとりひとりの違いよりも、男と女の違いや、世代の違いの方が大きいのだろうか。いや、そんなことはないだろう、個人の違いの方が遥かに大きいはずだ、と最近、新聞を読みながら考えるようになりました。属するカテゴリーの違いより、個人の差の方が格段に大きいのだから、カテゴライズで仲良くなれそうかなれなさそうか判断するのは止めようかな、と。だから、区分けはしません。誰に対しても、一気にではなく、少しずつ少しずつ、仲良くなりたい。そのために、初対面の相手には必ず敬語を使おうと考えているんです」

紫さんは、私をじっと見て、ゆっくり喋りました。

「そうですか。紫さんはそう思うんですね。ワシとは敬語に対する考えがちょっと違いますね」

私は目を伏《ふ》せました。

「村崎さんは、どうして敬語が好きなんですか？」

「年齢に対して敬意を払えるからです。ワシは、『先生』や『目上の人』という理由では敬意を払いません。でも、『年齢が高い』って方には無条件で敬意を払いたいと思っています。年齢の高さによって、敬語の度合いを変えていきたいです。でも、この考えだと、同年齢を並列に、年下を下に見ることになります。そのせいで嫌われるのはつらいので、慎重《しんちょう》にならなければいけません。基本は丁寧語にしたいと思っています」

「そうなんですか。上下の感覚で言葉を選んでいるんですね。私は距離感で敬語を使っているので、違いますね」

「区分けというのを、ワシは、した方がいいと思うんです。ただ、区分けされた中の人同士でもわかり合えるわけではない、というのはわきまえておきたいです。それから、区分けというものを面白がりたい、人から押しつけられるのではなく自分の力で区に入りたい、という気持ちがあります」

そんな会話を交わしているうちに、おしるこが運ばれてきました。

「どうぞ。入っているのは、あちらの方からいただいたお餅なんですよ」

美しいおばあさんが再び言ったので、

「いただきます」

「わあ、どうも、いただきます」

私たちは、普通のおばあさんの方に向かって礼を述べてから、箸《はし》を使って食べ始めました。

「でも、区というものがあることを肯定《こうてい》すると、所属する区でその人を判断することに繋《つな》がっちゃいませんか？　学校で、同じファッションの子同士でなぜか固まるように。○○という人、というのではなく、○○系とか、○○タイプ、となっちゃうんですよね。私はそれが嫌なんです」

紫さんが、お餅をひとくち齧《かじ》って、よく噛《か》んで飲み込んだあとに言いました。

「確かに、公民館で行われる地域の会合なんかでも、年齢や性別ごとに、固まって座っています。誰も、それを言葉では言わないし、毎回別のところに座るのに、グループは変わらないんです」

私は、木製のぼってりしたスプーンであずきをひとすくいしました。

「村崎さん、公民館の地域の会合なんて行っているんですか？」

紫さんは目を丸くしました。

「はい、自分の街がどんな風に作られていくのか、知りたいじゃないですか？　それと、公民館の壁《かべ》に張り紙で募集がかけられていた、『編《あ》み物《もの》クラブ』っていうのに、今度参加するつもりなんですよ」

私は言いました。

「『編み物クラブ』？　おばあさんばっかりなんじゃないですか？」

紫さんが首を傾げます。

「そうかもしれませんね」

「つまり、村崎さんは、おばあさんとの交流を求めている？」

「ううむ。深くは考えておりませんでしたが……。そうかもしれませんね。ワシは、おじいさんやおばあさんが好きです。年配の方、というだけで、好感を持ちます。『ワシはおばあさんっぽくなりたいだけだから、実物のおばあさんには近づかなくていい』と考えているつもりでしたが、やはり現実のご高齢の方を見ると、参考になりますし、素敵だな、と感じますし」

「年齢に関係なく友だちを求めようって気持ちはないんですか？　私はそう思っています」

紫さんは、苦労しながらお餅をさらに嚙み切ろうとしています。

「年齢を気にせずに人を見る、というのは難しいです。『年齢を見て、ある程度相手を理解してから、近づいていきたい』と、ワシは思っています。だから、まず初めに相手へ年齢を尋《たず》ねます」

私も、お餅を噛みます。

「社会のフィルターを通さずに、自分の目だけで相手を理解していった方が良くはないですか？」

紫さんは言いました。

「そうしますと、紫さんは、年齢っていうものを、ない方がいいと思っていらっしゃるんですか？」

私は質問しました。

「ない方がいいと思っています。新聞記事に、スポーツ選手でも殺人犯でも被害者でも市井の人でも、必ず性別と年齢が入っているの、どうかと思います。キャラクターイメージが固定されちゃうじゃないですか」

「じゃあ、たとえば新聞記事には、名前だけ書けば良いと？」

「ええ、そう思います。名前だけで十分です。名前は個人が使用するもので、グループ分けに使うものではないから。名前だったら、載《の》せていいと思います」

紫さんは、しっかりと首を縦に振りました。

「ワシはそうは思いません。年齢表記があると、その人のことがよりわかると思います。年齢があるのは、とても素晴らしいことです。ワシは年齢愛好家なんです」

私は、食べ終わった箸をお椀《わん》の上に揃《そろ》え、紫さんに向き直りました。

「相手を理解することよりも、相手の自由を守ることの方が、ずっと大事ですよ」

紫さんは主張します。

「そうでしょうか？」

私は首を傾げました。

「実際に、ものすごく嫌だって感じている人がいるんですよ。さあ、店を出ましょう」

紫さんはそう促して、立ち上がります。そこで私も追いかけました。

別々に勘定《かんじょう》を済ませ、ドアを開けます。


先に外に出た紫さんが、喫茶店の外看板《そとかんばん》の横に立って、意味ありげに微笑んでいます。銅板の下に、もうひとつ看板があるのでした。「くるみボタン」という店名がペンキで描かれた、白木の立て看板で、何やら新聞記事の切り抜きが、ビニール袋にくるまれて、画鋲《がびょう》で留めてあります。

「看板が、どうかしましたか？」

私は尋ねました。

「この新聞記事を読んでみてください」

紫さんは、切り抜きを指さします。

「ええ」

それは、この喫茶店「くるみボタン」が取材された新聞記事でした。街おこしと絡《から》めて商店街のイベントを企画したり、地元の主婦たちの横の繋がりを作ったりしている、といったことが書いてありました。

「どう思いました？」

紫さんが質問します。

「素敵だな、と思います。地域密着型の……」

私が答えようとしますと、

「内容は、まあそうなんですけど……。私が注目してもらいたいのはですね、ここですよ」

紫さんは、先ほどの美しいおばあさんのことだと思われる、「……と微笑む、森川《もりかわ》しのぶさん（　）。」という箇所《かしょ》を指しました。

「あはははは」

私は思わず腹を抱えました。（　）の中が、修正液で白く塗り潰《つぶ》されていたのです。

「ね、あの人は、年齢なんていらないと思っているんですよ」

「裏にもあるのでしょうか」

私は、立て看板の裏側に回ってみました。すると、まったく同じ新聞記事のコピーが貼《は》ってありました。日付を見ると三年前の記事のようです。店が新聞に載った、ということが、よっぽど自慢なのでしょう。そして、やはり、「……と微笑む、森川しのぶさん（　）。」と、（　）の中が、修正液で白くなっていました。コピーしたあとに、また修正液を使ったようでした。

「ね？　きっと、ご自分で消したんですよ。新聞に載ったことは嬉しかったけれど、他人から年齢で判断されるのは嫌だったんですね」

「でも、可笑《おか》しいですね。すぐに、『……とコーヒーを淹《い》れながら妻に笑いかける、森川晃《あきら》さん（72）。』って出てきて、旦那様《だんなさま》の年齢はわかってしまいます。ご夫婦なんだから、大体、推測できちゃいますよね。あのおばあさん、それくらいのご年齢とお見受けしましたし。とても美しいおばあさんでいらっしゃいましたね」

「私が思うにですね、年齢を隠《かく》したいわけじゃなくって、曖昧《あいまい》にしたいんじゃないでしょうか？　わざわざ言う必要ない、って。だって、数字にすると、まずはそのイメージで人物を捉えてしまうでしょう？　ああ、これは七十二歳の人のお話なんだな、って思いながら、文章を読んでしまいますよね？　数字のパワーってものすごく大きいんですよ」

紫さんは言います。

「うーん……。七十二、っていう数字、いいと思いますけどねえ。あのおばあさん、『昔はさぞや』って感じの美人でしたよね。それだけじゃ満足できないのでしょうか？　年を取るのは決して恥ずかしいことではないのに。昔とは違う魅力をお持ちだと思いますけどねえ」

私は、美しいおばあさんの顔を思い出しながら、なんとなく喋りました。

「その『昔はさぞや』ってフレーズ、よく耳にするけど、どうなんでしょうね？」

「何がですか？」

「だって、誰だって、今の自分を見てもらいたいものじゃないですか？」

「はあ」

私は目を伏せました。

「年齢を恥ずかしいと捉えているんじゃなくって、ただ、『はっきり言う必要ない』ってだけですよ。若く見られなくてもいい。ただ、年齢だけで見られたくない、人間として見られたい。そういうことじゃないですかねえ」

紫さんは息巻きます。

「この人は、自分の好きな年齢をここに書き込めばいいんですよ」

私は、修正液で消された白い箇所を指さしました。

「みんながみんな、年齢という区分けを好きなわけじゃありません。区に入りたい人は入ればいいですが、入りたくない人は入らなければいいんです。年齢を隠したからといって、他の年齢に見られたいと願っているとは限りません」

きっぱりと紫さんは言い切りました。

「紫さんの考え方、とても面白いと思います。ワシとは違いますけど……」

私が言いかけますと、格子窓の向こうから、美しいおばあさんがこちらを見ているのに気がつきました。声は聞こえていないと思いますが、気まずく感じました。紫さんが、

「さあ、行きましょうか」

と言って、駅に向かって歩き始めます。

首筋で髪が揺れます。紫さんは、肩《かた》に当たるか当たらないかという髪の長さです。前髪を真ん中で分けて両サイドでくるっとねじる、猫耳《ねこみみ》ヘアをしています。

とても可愛らしいです。私の髪はロングで、背中の真ん中あたりまであるので、このような髪型はできません。

「髪型、可愛いですね」

さきほどの会話で緊張が高まったように感じた私は、見た目を褒《ほ》めてみました。

「ありがとうございます。村崎さんは、すごく長くて、まっすぐできれいな髪質だから、いろいろアレンジできそうですよね」

紫さんはにっこりして、褒め返してくれました。

「ええ、いろいろしたいって思うんですけど、この頃はいつも、おばあさんっぽく、下の方の位置でシニョンを作っています」

「そうなんですか」

駅に着きました。古民家をイメージして造られている小さな駅舎です。

「改札まで送っていってあげます」

私は申し出て、階段を上り始めました。

「ありがとう。やっぱり、村崎さんは優しい人ですね」

紫さんが言いました。

「紫さんもいい人ですよ」

私が返しますと、

「繰り返しますけど、決して私は、同じ年齢、同じ性別、同じ名前の人が、違う年齢、違う性別、違う名前の人よりも仲良くなり易いとは、思っていません。現に、私は、同じ年齢、同じ性別、同じ名前という情報しか持っていなかったときは村崎さんに声をかけず、おばあさんっぽくなりたい人なんだとわかってから『友だちになりたい』と言いました。自分は女子高生をやりたいのに、おばあさんをやりたい村崎さんと仲良くなれるって思ったわけです。私とは違う、村崎さんと仲良くなりたいんです」

紫さんはゆっくりと語りました。

階段を上がり切り、改札の前で、

「さようなら。今日は声をかけてくださって、ありがとうございました」

私は頭を下げました。

「そしたら、私と友だちになるってこと、気が向いたら考えてみてくださいね。それじゃあ、また」

紫さんは定期をかざして改札を抜けます。眉毛がまっすぐだからか、丸い目の端《はし》がつり上がっているからか、紫さんの笑顔は独特で、笑っているのにちょっと意地悪く見えます。しかし、そこにこそ魅力が宿っているのでした。

プラットホームに降りるエスカレーターに乗って振り返り、見えなくなるぎりぎりまで紫さんは手を振ってきました。私も、紫さんが見えなくなるまで手を振り返しました。

その一週間後の朝、登校すると、私は荷物も置かずに教室を縦断し、紫さんの席へまっ

すぐ歩いていきました。そして、

「おはようございます。いろいろ考えたんですけど、ワシ、紫さんと友だちになりたいです」

と言いました。

「わあ、嬉しいです。これから、年齢問題について、いろいろ話し合いましょう」

紫さんはにっこりして立ち上がり、私の右手を握りました。

「これを機に、敬語を止めませんか?」

私は、シルバーカーから左手を放し、両手で紫さんの手を包みました。

「え? いいんですか?」

紫さんは首を傾げました。

「ええ」

「でも、村崎さんは誰に対しても敬語を使いたい人なんでしょう?」

「今までは、なんとなくそうやってしまっていたというだけです。そう決めていたわけではありません。変化してみるのもいいかと」

「そう。じゃあ、止めよう」

「はい」

「あれ？　そこは『うん』でしょう」

「そうですね」

結局、私は敬語を止めることができませんでした。

「まあ、ゆっくりでいいよね」

紫さんは笑いました。

「そうですか？」

「うん。でも、呼び方は変えようよ。あだ名を付けるって、どう？」

「あだ名……。今まで、付いたことがないです」

私は戸惑《とまど》いました。

「だって、うちら、同姓同名じゃない。変だよ。『ねえ、ムラサキさん』『何？　ムラサキさん』なんて。ばかみたい」

紫さんは肩をすくめます。

「まあ、そうですね。どうしましょうか？　ムラサキさんとユカリちゃんにしますか？」

私は言いました。

「それじゃあ、芸がねえな。床《ゆか》と雁《かり》ってどう？　ユカリを分解して。村崎さんが床。天井《てんじょう》と床の、床ね。そして、あたしが雁。渡り鳥の雁ね」

雁は、ミーアキャットみたいな顔をくしゃっとさせました。

「いいですね。どうぞよろしく、雁」

私も笑いました。

「よし、床。これからそう呼ばせてもらう」

こうして私と雁は友だちになったのでした。


土曜日の午後二時半に、我が雪野市雪野町にある小さな公民館へ私は出かけました。いつも通り、おばあさんっぽい装《よそお》いにしました。藍染《あいぞ》めのワンピースに、紺色と白のギンガムチェックのエプロンを締め、臙脂色のショールを羽織り、シルバーカーを押します。

公民館は、私の家から、歩いて十五分ほどのところにあります。青い屋根にクリーム色の壁の素朴《そぼく》な建物です。ガラスのドアを押して中に入ります。

入口の黒板に、編み物クラブは「工作室3」で午後三時から行われるというアナウンスがされていました。靴を脱ぎ、緑色のビニール製スリッパを履いて、ぺたぺた廊下を歩きます。

二階へ上がり、おそるおそる引き戸を開け、「工作室3」の中へ足を踏《ふ》み入れると、すでに四十代から五十代と思われる女の人三人と、七十代から八十代と思われる女の人三人の、二つのグループに分かれて座っていました。

クラブは今日が初日なので、全員が初対面のはずです。それなのにみんな、教室に入った途端《とたん》に、自分と同年代の人を見つけて、くっ付いて座ったのでしょうか。

私は六十八歳なので、どっち付かずです。ちょうど真ん中辺《あた》りの年代なので、グループが明らかではありません。まごつきましたが、じっとしているわけにもいきません。七十代から八十代と思われる三人のグループの近くにある椅子の背を持ち、

「ここに座ってもよろしいでしょうか?」

と尋ねました。

「どうぞ、どうぞ。空《あ》いていますよ」

鼈甲色《べっこういろ》の縁《ふち》の眼鏡《めがね》をかけた、優しそうな女の人が、にこやかに迎えてくださったので、私はその椅子に腰《こし》掛《か》け、

「ありがとうございます」

頭を下げました。

「あなた、まだお若いのにこんなところにいらしてどうしたの? あなた、編み物をなさるの?」

今度は、緑色の縁の眼鏡をかけた、知的な雰囲気《ふんいき》の女の人が話しかけてくださいます。

「初めてなんでございます。編み物をやってみたいなあ、と存じまして……」

私が答えると、

「まあ、そうなのお。楽しいわよお、編み物。無心になれるからねえ。日々のうっとうしいことから、逃《のが》れられるのよう。こう、椅子に座って、針《はり》を構えるだけでね、別の世界に行けるでしょう。うるさい旦那が目の前にいても、甘ったれた娘や孫たちが横にいても、ひとりっきりの世界へぴゅーんよ。こうするだけでね」

ピンク色の縁の眼鏡をかけた、陽気な感じの女の人が、棒針《ぼうばり》を構えてみせてくださいました。

よく見ると、三人ともすでに、机の上に棒針や毛糸などを並べておいでです。そして、それらの道具のすべてが使い込まれていました。編み棒は先が丸くなって、全体的に薄汚れています。横に目をやると、四十代から五十代の三人の机に載っているものも、手垢《てあか》の付いた道具のようでした。

「あの、みなさま、経験者さんでいらっしゃるのでしょうか？」

私は不安になりました。

「さあ？　どうかしら？　募集の説明書きに、『自分の作りたい物を作ってください。アドヴァイスいたします』ってありましたでしょう？　初心者さんだったら、みんなで同じ物を足並み揃えて作るような、初めての方向けのお教室に行かれた方が良かったかしらね」

知的な雰囲気の緑色の縁の眼鏡のおばあさんがおっしゃいました。

「まあ、どういたしましょう」

私が眉根を寄せますと、

「だーいじょうぶよお。編み物なんて、すーぐできるようになるわよお。本来は教わるもんじゃないんだから。あなた、何か作りたい物があるのね？　その情熱があれば、できるわよお」

陽気な感じのピンク色の縁の眼鏡のおばあさんがおっしゃいました。

「ありがとうございます」

私は頭を下げました。

「ここの先生、よぼよぼの方らしいのよ」

優しそうに見える鼈甲色の縁の眼鏡のおばあさんがおっしゃいます。

「九十歳の、おばあさんらしいのよお」

そうおっしゃるピンク色の縁の眼鏡のおばあさんも私から見ると十分におばあさんなの

ですが、ご自身はまだそうとは思っていらっしゃらないのでしょう。七十代とおぼしきこの方は、七十代はまだおばさん、九十歳でやっとおばあさんになる、というイメージをお持ちなのかもしれません。年代に対する呼び方は、人それぞれの感覚によります。

三時三分前になって、十八歳くらいの男の子が、引き戸をガラガラと開けて滑《すべ》り込《こ》んできました。身長百七十五センチくらい、がっしりした体つきの子です。紫色のロングダウンコートを羽織り、涙型のワンショルダーバッグを背《しょ》負っています。坊主頭《ぼうずあたま》です。入口でしばらくおどおどしていましたが、どう判断したのか、四十代から五十代の人が固まっている方の席へ行って、黙って椅子を引いて座りました。

コートを脱いだときに、ちょっと驚いたのは、中の格好でした。上はグレーのパーカで、下はロングの巻きスカートだったのです。カーキ色の厚手の生地《きじ》のもので、決してガーリーではないのですが、どう見てもスカートでした。「スカート男子」という言葉は数年前から知っていましたが、実際の人を私は初めて見ました。

時間ぴったりに、九十歳の先生がいらっしゃいました。

よぼよぼなのは事前情報通りでしたが、おばあさんではなくておじいさんでした。

「まあ」

七十代から八十代の三人は、嬉しそうなため息を吐《つ》きました。おじいさん好きな私も浮き足立ちます。

ニット帽《ぼう》にニットタイ、眼鏡の蔓《つる》にもニットのカバー。まるで模様編《もようあ》みの標本のように、たくさんの種類の縄編《なわあ》みやポンポンが付いた、もこもこのセーターをお召しになっていま す。耳の横にはふさふさの白髪があります。

「なぜ、ここにくっきりとした道ができているのでしょう。編み物というのは、みんなでやるときには輪になって、雑談をしながらするのが楽しいんですよ。さあ、さあ、机を動かして輪にしましょう」

先生は、逆モーセのように、机と机が分かれてできていた道を、後ろ向きに歩きながら寄せ始め、おふさぎになりました。「輪にする」と口ではおっしゃっているくせに、これではただ机がくっ付いただけです。そこで、みんなも立ち上がり、先生を手伝い始めました。机をくっ付け、九つの椅子で輪を作ります。そして、先生以外のみんなが椅子に陣取《じんど》りました。私の右隣《みぎどな》りは鼈甲色の縁の眼鏡のおばあさんで、私の左隣りは「スカート男子」になりました。

「では、早速《さっそく》、始めましょう。ワシは、網田亜未夫《あみたあみお》と申します。編み物講師をして六十年になります。ワシは、強制するのは嫌いです。みなさん、ご自分の編みたい物を、のびのび編んでください。ワシは円をゆっくり回っていきますから、わからないことはなんでも聞いてください」

網田亜未夫先生がそうおっしゃると、私を除《のぞ》く七人は、すぐに棒針に毛糸を絡ませ始めました。

私は、近所のユザワヤで六号棒針と茶色い毛糸をひと玉買ってきていましたが、先生が手取り足取り教えてくれるものだと思い込んでいたものですから、なんにもしようがありません。ただ、ぼんやりと座っていました。

「あなたは、何を作りたいんですか?」

網田亜未夫先生が私のところへやってきて、尋ねてくださいました。

「あの、これなんですけれども……」

私は、シルバーカーから大きな本を取り出しました。『ターシャの庭』という本です。ターシャ・テューダーという、数年前に亡くなった、九十二歳まで生きたおばあさんがいます。絵本を描いたり、人形劇を催《もよお》したり、広大な庭を作ったり、いろいろなことをした人です。今も世界中に、そのライフスタイルに憧《あこが》れるファンがいます。私も、そのひとりです。

『ターシャの庭』は、ターシャ・テューダーが、山羊《やぎ》の世話をしたり、花を摘んだり、カヌーを漕いだりしているところを撮影した写真集です。ターシャは古着のコレクターでもあります。大きな花柄《はながら》のワンピースに小花模様のエプロンを重ねたり、スカーフを頭に巻いたり、真っ赤なマントで雪道を歩いたり、とてもファッショナブルです。特に、スカーフを頭に巻くのと、ショールを肩にかけるのと、エプロンを結ぶのは、どの写真でもやっているので、ターシャのトレードマークだったのでしょう。

「編み物の本じゃなくて、写真集を持ってきたんですね」

網田亜未夫先生はお笑いになりました。

「あの、駄目《だめ》でしょうか？」

私はしょんぼりしました。

「いやいや、大丈夫ですよ。この中の、どれを編みたいんですか？」

網田亜未夫先生は優しくページをめくられます。

「この、三角ショールなんでございます」

私は、ターシャが肩にかけている、茶色いショールを指さしました。ただ三角なだけの、地味でシンプルな形なので、私でも編めるのではないか、と思ったのです。

「なるほど。あなたは、編み物をやったことはありますか？」

網田亜未夫先生はお尋ねになります。

「まったくの初心者なんでございます」

私は首を振ります。

「そういう方は、まずはマフラーがいいんですよ。それだったら、とても簡単なんです。目を減らしたり、増やしたりすることなく、ただまっすぐに編めばいいんですから。型崩《かたくず》れもしにくいですし」

先生はそうおっしゃいます。

「そうなんですか」

私が肩を落としますと、

「しかし、編み物で一番大事なことは、『自分が作りたいものを作る』ということです。人から言われて作るんじゃなく、自分で作りたいと決めて作るんです。編みたくない人に編み棒を持たせることはできない」

網田亜未夫先生は箴言《しんげん》のような口調でおっしゃいました。

「ことわざですか？」

私は伺いました。

「そう。喉《のど》が渇《かわ》いていない馬を池に連れていっても水を飲ませることができないのと同じように、ショールを編みたい人にマフラーを編ませることはできない」

網田亜未夫先生はおっしゃいました。

「はい」

　私は頷きました。

「これに挑戦してみましょうね」

　網田亜未夫先生は、写真に顔を近づけて、それから虫眼鏡を取り出して、再度見詰め直しました。

「はい」

「ワシが思うにですね、このショールは、かぎ針編みが良いのではないでしょうか」

「かぎ針？」

「編み物には、棒針編みとかぎ針編みがあります。棒針は、今あなたが持っているようなまっすぐなものですね。二本使いで編んでいきます。かぎ針は、先がひっかかるような形になっている短い針で、一本で編みます」

「はい」

「棒針の方が、きっちりしたものが編めます。セーターやカーディガンなど、実際的な服を作るときは棒針編みにした方が、『使える服』になり易いかもしれませんね。でも、かぎ針には編み目に味が出て良い、というプラス面があります。かぎ針編みは、花のモチーフや、穴がぼこぼこ空いている模様のモチーフなどを繋げて作ることが多いです。あなたみたいに若い方は、ちょっと古くさいデザインに感じるかもしれませんね。でも、『そこが好き』という人も多いのです。それぞれに、良さがあります」

「そうですか」

「どうしますか?」

「かぎ針で編みたいですが、まだ買っていないんです」

「では、今日のところは、ワシのかぎ針を貸してあげましょう」

そうおっしゃって、網田亜未夫先生は、大工さんが使っているような腰に巻くタイプのエプロンに付いいたたくさんのポケットのひとつから、かぎ針を一本取り出して、私に貸してくださいました。

「ありがとうございます」

私は拝借《はいしゃく》しました。

「まずは、くさり編みをします。元になる目を作るんです。次の段からは長編みをします。一段、一段、前の段の目から編み目を派生させていくのです。三角ですので、長さが少しずつ短くなるように、一段ごとに目を減らしながら編んでいきましょう」

網田亜未夫先生はそうおっしゃって、メモ用紙に簡単な編み図を描いてくださいました。

それから、網田亜未夫先生は私の目の前でゆっくりとくさり編みのやり方を見せてくださいました。

こうして、網田亜未夫先生にご教授いただきながら、私は茶色い三角ショールを編み始めたのです。


ひと目、ひと目、集中して手元を動かしていくと、一歩、一歩、おばあさんに近づいていくような気がします。

ターシャのような過去の人は、現代を生きる私たちから、「おばあさん」と思われて、ゆるぎません。

私からすると、生まれてすぐに、あるいは十八歳くらいで、おばあさんになって、そのまま年を取らずに死んだ人のように見えます。

ターシャにも二十五歳や三十歳や四十歳があったのでしょうが、二十五歳からおばあさんっぽかったんじゃないか、と現代を生きる私からは思えます。

「今」という視点だけで他人を見ると、その人はその年齢らしさを発散させているので、たとえば「十八歳」だとしたら、「十八歳」という性格を持った人に見えます。でも、よく考えてみれば、目で確認ができなくとも、人は一秒も止まることなく年を取っていっているのですから、年齢でその人を見るというのはものすごく難しいことなのかもしれません。生きている人間は定まることがないからです。

死んでその存在が過去のものになると、その人のことをいろいろな年齢のイメージを持って眺めることが行われるようになります。

近視眼的になって、自分の年齢を決めなくてもいいんじゃないか、と思えてきます。

私も十八歳からおばあさんになるんだ、という意欲がふつふつと湧いてきます。私が死んだあとは、私のことを何歳からおばあさんと思われても不思議ではなくなるに違いありません。それなら、今から「おばあさんです」と言っても構わないのではないでしょうか？

「ねえ、話しかけてもいい？　三年十二組の村崎さんだよね？」

突然、隣りで手を動かしていた、「スカート男子」が声をかけてきました。「スカート男子」は、他の生徒たちよりは危《あや》うい手つきでしたが、私よりは遥かに慣れた感じで、棒針を動かしています。カーキ色とクリーム色の毛糸を机の上に出して、何やら模様編みをしているようでした。

「あの？　いかにもそうですが、あなたは？」

私は驚き、ぽかんと口を開けて、「スカート男子」の顔をまじまじと見ました。見覚えはありませんでした。

「おんなじ高校に通っている、三年五組の加藤《かとう》だよ」

と「スカート男子」は名乗りました。

「ごめんなさい。覚えていなくて……。でも、うちの学校は生徒が多いし、とても学年全員の顔なんて記憶できないですよね。どうして私のこと、ご存じなんですか？」

私は尋ねました。

「村崎さん、目立ってるから。いつも、柄on柄のファッションしていて。藍染めとかろうけつ染めとかの婆《ばば》くさい布でできたワンピースに、幾何学《きかがく》模様のエプロン締めたりしているでしょう？」

笑いながら、「スカート男子」は言います。婆くさい、という言葉に、私はかちんときました。それで、

「加藤さんは、おいくつですか？」

と直球の質問を、ちょっと冷たい声で尋ねました。

「え？　何その質問。同い年じゃないってこと？　あはははは、何歳だろ。九歳くらいかも」

加藤さんは答えました。

「どうしてスカートを穿《は》いているんですか？」

私はさらに、素朴な疑問を投げました。

「性別に馴染むのを、ゆっくりやりたいって思っているんだ。中学までは、『男っぽくなれ』と人からプレッシャーをかけられているような感じがあって、仕方なく従っていたんだけど、気分が悪かったんだ。それで、高校に上がってから、男になるか、女になるか、三十歳くらいに決めればいいんじゃないか、焦《あせ》らないでいいんじゃないか、って思うようになって。今はまだ、無理に男になる努力はしないようにして、女っぽいことも楽しんでいるんだ」

加藤さんは言いました。

「なんで、そんなに、ゆっくりと？」

私は尋ねました。

「僕は、服を着替えるのも、ごはんを食べるのもゆっくりで、小さい頃から先生や親にいつも、『早くしなさい』って怒られていたんだ。子どものときはそのことに劣等感《れっとうかん》を抱いていたんだけれど、だんだんとこれが自分というものなんだとあきらめがついてきて、この先も人よりゆっくり生きていこう、と腹をくくったんだ。つまり、九歳っていうのはそういうこと。僕はまだ子どもなんだ。大人になるのを焦るつもりはない」

「そうですか」

「急《せ》かされるのがとにかくつらい。周りと足並みを揃えるというのが苦手なんだ」

「自分のペースを大事にしているんですね？」

「人それぞれの速さで、ゆっくりと成長していったらいいんじゃないか、と思うんだよ」

加藤さんは手を休めて、頷きました。

「スカートが好きなのに、髪型は坊主頭にしているのは、どうしてですか？」

私は再び素朴な疑問を投げました。

「中学校の部活で野球をやっていたんだ」

「今どき、野球部だからって……」

「もちろん、強制されてじゃなくって、ただ、自分が坊主頭が好きで、坊主頭にしていたんだ。昔の野球漫画に影響されてさ。そのまんま、髪型変えるきっかけがなくて今も坊主頭のままにしている」

加藤さんは頭を撫《な》で回しました。

「野球、上手《うま》いんですか？」

私は尋ねました。

「投げるのは、結構、得意だったんだ。コントロール良かったんだよ。でも、足が遅いから、ずっと補欠だったけどね。高校でも、一年のときは部活に入っていたんだよ。だけど、膝を怪我《けが》して止めちゃった」

「そうなんですか」

「それに、女っぽいこともやるとはいえ、女の子になりたいわけではないんだ。性別をどっちかに急いで決めないい、ってだけだから。男の子っぽいことをミックスしていかないとな、という思いもあるわけ」

加藤さんは言います。

「なるほど」

私は頷きました。

「ま、僕は性別のことにそんなに関心があるわけでもないんだけどね。とにかく、ゆっくりやるのが好きだから、何事もすぐには決めないいんだ。優柔不断《ゆうじゅうふだん》最高、と思っているんだ」

「焦らないいんですね」

「うん。徐々《じょじょ》に、徐々に、やっていきたいんだ」

その科白《せりふ》を聞いて、私は心の中で、加藤さんに「徐々にちゃん」というあだ名をつけました。

「村崎さんは、きっと逆なんだよね。急いで年を取りたいんだよね？　だから、おばあさんの格好をしているんでしょう?」

徐々にちゃんは言いました。

「うーん、そうなんでしょうか? 急いでというより、早くからおばあさんっぽさの研究を始めたいんです」

私は言いました。

「僕はゆっくり年を取りたいから、正反対だ」

徐々にちゃんはそう言って、再び編み始めました。

「……今は高齢化社会でしょう?」

私もかぎ針を動かし、ちょっと考えてから言いました。

「そうだね」

徐々にちゃんは頷きました。

「これからの時代では、おばあさん文化が発達していくと思います。私が今からおばあさんっぽさを研究して、老人とは何かというのを考え始めておけば、長生きできた場合、個人的にも、ものすごく極められると思うんですよ」

私は言いました。

「おばあさんを」

「そうです。早いうちからおばあさんを始めれば、それだけ長くおばあさんをやれるわけですから、おばあさんっぽさをより極められるはずです。だから、おばあさんでいられる期間を、できるだけ長く取りたいんですよ。今の日本ではまだ、『死ぬ直前におばあさんになる』って思い込んでいる人が多いです。でも、これから訪れる未来においては、老人=死の準備をする人、という図式は崩れます。元気な老人が増えて、老後の楽しみ方が発達します。老人文化が、ものすごく栄えていくはずです」

「ああ、そうだ。そもそも、人はみんないつ死ぬかわからないんだ。赤ん坊だって死ぬ。だから、本来なら、生まれたときから死ぬ準備をしていないといけないんだ。それも、『老人になった頃に整うように、死ぬ準備をゆっくり始める』っていうんじゃなくて、明日に死んでもいいように。僕は徐々にやるのが好きだけれど、こればっかりは、しょっぱなから死ぬことを考えておかないといけないんだ。これまではそんなこと考えたことなかったけれど……。でも、僕だけじゃないよね。今の日本の若い人のほとんどが、死ぬことなんて考えていないよ。現代日本社会においては、全員の寿命《じゅみょう》が八十年くらいだ、っていう建前《たてまえ》でみんなが動いてしまいがちだ。子どもや若者は死についてなんてまだ考えなくて良い、老人だけが死に近い存在だ、という空気がまだある」

はっとしたような顔をして、徐々にちゃんが言いました。

「そう、寿命は人それぞれ違うのに、つい、一般的な『八十年の流れ』に合わせて、人生を形作ろうとしてしまっていますよね」

私は編み目をじっと見詰めながら言いました。

「明日死ぬかもしれないんだ、という思いをきちんと抱きながら、僕は子どものままで、ゆっくりゆっくり、生きていきたい」

徐々にちゃんは言葉を毛糸にくぐらせるようにゆっくりと喋りました。

「徐々にちゃん」

思わず口から出してしまいました。

「え？　何、それ？」

徐々にちゃんは手を止めて聞き返します。

「あ、いや……」

私は、まごつきました。

「いいな、それ。うん、いい名前だ。僕のことをこれから、徐々にちゃん、って呼んでよ」

徐々にちゃんは、からりと笑いました。

「え、いいんですか？」

「うん」

「それでは、ワシのことは、床、と呼んでください」

「床、というイントネーションでいいの？」

「ええ。床下の床です」

私も笑いました。

「ねえ、床。アルネ&カルロスって知ってる？」

徐々にちゃんが棒針の動きを止めて聞いてきました。

「いいえ。どなたですか？　存じ上げないです。何歳の方ですか？」

私は首を振りました。

「あの二人は何歳なのかなあ？　年齢不詳だなあ。でも、たぶん、おじさんだよ。編み物ユニットなんだ。ゲイのカップルなのかなあ？　どういう関係なのかはどこにも書いていないから、よくわからないんだけど、北欧の山奥に二人で住んでいるんだ。廃駅《はいえき》をアトリエに改造して、その駅の前に大きな庭を作っているんだ。この二人、最近、日本でとても人気があって、編み物雑誌なんかに、ときどき記事が載っているんだよ。軒下《のきした》に出したロッキングチェアに二人並んで座って、夕日を浴びながら、手元に集中して作業を続けている写真があって、幸せそうでならなかった」

遠くを見るような目つきで、うっとりとした口調で、徐々にちゃんは語りました。

「いいですね」

私は頷きました。

「今度、本を持ってきて、見せてあげる」

「ありがとうございます」

「ふふふ」

徐々にちゃんは照れたように笑って肩をすくめ、再び棒針を動かし始めます。

「じゃあ、徐々にちゃんが今編んでいるそれも、そのアルネ&カルロスの本に載っていた作品ですか？」

私は質問しました。

「違うよ。これはスカート。自分でデザインを考えたんだ」

徐々にちゃんは、編み途中《とちゅう》のものを広げて見せてくれました。

「え？　スカート、ですか？」

「そう」

「でも、スカートって、ニットで作ると、足が透《す》けちゃうんじゃないですか？」

「だから、僕はこれを、ジーンズの上に巻こうと思ってるんだ」

「はあ。でも、それって、おかしなファッションですね」

思わず、私は言ってしまいました。

「あはは。床に『おかしなファッション』なんて言われるなんてな」

徐々にちゃんは憤慨《ふんがい》したようです。

「だって、せっかく、スカートっていうものを身に着けるのなら、可愛く着た方がいいじゃないですか？」

「僕だって、可愛いスカートが好きだよ。だけど、僕は体格ががっちりしているから、お店に並んでいるところを見て『いいなあ』って思ったスカートを、家に帰って自分が穿くとまったくイメージが変わっちゃうんだ。人は自分に合ったものしか着られないんだ、とわかったよ。好きなものと似合うものが全然違う人は、既製品を選ぶなら、好きではない似合うものを着るしかなくなっちゃう。それはちょっとつらい。だから、手作りに挑戦して、自分が好きになれるもので、ぎりぎり自分に似合いそう、っていう微妙なラインを探っていこうと思っているんだ。……とはいえ、確かにおかしなファッションだね。実際に着てみたらかっこ悪いかもね」

「でも、考えてみれば、ニットのスカートって、防寒対策にもなりそうですし……。それに、ひとつ作ってみたら、『もっと違う風なのがいいなあ』『ここをこうしたらいいかもなあ』とか、いろいろ思いつくかもしれませんしね。なんでも、まずは作ってみた方がいいですよね」

　私は言いました。

「だろ？　とにかく、ちょっとずつでも、進んでいくのがいいよな？」

　ちくちくと徐々にちゃんは棒針を動かします。

　私もかぎ針を動かします。でも、ひとすくいして、休み、ひとすくいして、休み、とゆっくりです。すると、目ががたがたになりました。どうやら編み物というのは、同じくらいの力の入れ具合でふんわりと、同じくらいのスピードですいすいと編んでいくと、安定した編み目になって、美しく仕上がるようです。

「徐々にちゃんは、上手ですね」

「慣《な》れているだけだよ」

　徐々にちゃんは、もう二十段くらい編めているようです。おばあさんたちほどのきれいな編み目ではありませんが、ちゃんと編み物になっています。

「どんどん編んでいく。ワシなんて、まだ二段目です。はあ……」

　私はため息を吐きました。

「まだできない、まだできない、と考えながら編むと苦しくなるよ」

　徐々にちゃんがアドヴァイスしてくれました。

「そうですか？」

私は首を傾げました。

「編み物は、集中ゲームなんだ。何ができ上がるか、ということを重要視しないで、現在に集中する。とにかく手を動かして、楽しく『今』という時間を過ごすのがいいんだ。過程で幸せになんなくっちゃ。でき上がったものを、身に着けたり、誰かにあげたりするのは、オプションなんだ」

徐々にちゃんは語ります。

「なるほど」

私は頷きました。

「スカートを目指してはいるけれど、できなくったっていい、とも思っているくらいなんだ。一応、完成させたい、って思ってはいるけれど、スカートを穿けなくったって、もう、『編む時間を過ごせた』っていうだけで、十分に幸福になって、満足するつもりなんだ。むしろ、速く編み過ぎないように注意している。せっかく楽しいのに、急いじゃったら、時間がもったいないだろ？」

徐々にちゃんが笑います。

「本当にそうですね」

私は深く頷きました。

終了の時間が来ると、私と徐々にちゃんは一緒に公民館を出ました。十分ほど歩いたところにある四つ辻《つじ》で、

「じゃあ、僕の家は向こうだから」

と右の横断歩道を越えた先を指さしました。大きなガソリンスタンドがあって、その脇を進んでいくようです。

「ワシはこっちです」

左の道を指さして、手を振りました。

「また来週」

信号が青になると、徐々にちゃんは横断歩道を渡って、小さくなっていきました。

「さよなら。また来週の『編み物クラブ』で」

私は返しましたが、その科白は車のエンジン音にかき消されました。

「ねえ、公民館の『おばあさんクラブ』どうだった？」

月曜日の朝、登校して教室に入ると、すぐに雁が私の机に飛んできて尋ねました。

『編み物クラブ』ですね？　とっても面白かったんです」

私は微笑みました。

「おばあさんのお友だちできた？」

雁は机の上に手を置いて、ぴょんぴょん跳《は》ねます。

「優しいおばあさんもいらっしゃったんですけど、同い年の男の子も来ていて、その子と一番仲良くなりました」

私はシルバーカーから教科書を出して、机の中に移しながら答えました。

「そうなの？」

雁は眉を寄せました。

「ねえ、雁。五組の加藤さんって知っていますか？」

私は尋ねました。

「もちろん、もちろん、知っているよ。かっこいいし。それに、目立ってるもの。『男の娘《コ》』でしょ？」

こくこくと、雁は何度も頷きます。

「そう、ですから、男の子って……」

「娘って書く方の『男の娘』だよ。最近、新聞にも社会現象として取り上げられているでしょ？　女装する男の子が増えているって」

「雁は新聞をたくさん読んでいるんですねえ」

「当たり前でしょ。受験生だもの。あたしはもう推薦《すいせん》で大学が決まっているけど。面接で困らないように、二年生の頃から新聞読むようになって、今も続けているの」

「……でも、徐々にちゃんのあれは、女装なのかなあ？」

　私は顎に手を当てて考え込みました。

「加藤くん、編み物をやっているんだ？　やりそう」

　雁が、うん、うん、と頷いています。

「ワシは、徐々にちゃんって呼んでいるんですけれど」

「あだ名ね？　わかった。あたしもそう呼ぶ。徐々にちゃんと、仲良くなったの？　いいなあ」

「ええ。ワシはこれまで、学校では徐々にちゃんの存在をまったく知らなかったのですが、『編み物クラブ』で席が隣りになったもので、少し喋ったんです。徐々にちゃんは、ゆっくりと年を取りたい子らしいんです。だから、スカートを穿いているんですって」

　私は説明しました。

「ゆっくりと年を取りたいから、スカートを穿く。ちっとも意味がわからないねえ」

雁は腕を組んで、首をぷるぷる振ります。

「年齢についてのお喋りが面白かったんですよ。だから、きっと雁とも話が合うはずです。一緒に話してみませんか?」

「うん、ぜひ、ぜひ、話してみたいな。あたし、前から徐々にちゃんと喋ってみたいな、って思っていたの。床、紹介してよ」

「それでは、休み時間に徐々にちゃんのクラスへ遊びにいってみましょう。三年五組だそうです」

私は誘いました。そこで始業のチャイムが鳴りました。


昼休みに、私と雁は廊下を歩いて五組の教室まで行ってみました。

ドアの隙間《すきま》から、徐々にちゃんが机に腰掛けて、数人の男子と何やらわいわい雑談をしているのが見えました。今日は、白いセーターを着て、大漁旗《たいりょうばた》のような派手なプリントの巻きスカートを穿いています。その下には紺色のカラータイツを身に着けているようです。

「あ、床だ」

徐々にちゃんは私に気がつき、片手を挙げてくれました。

「こんにちは」

小さくお辞儀《じぎ》すると、雑談していた男の子たちが一斉《いっせい》に黙ってこちらを見ました。

徐々にちゃんはその輪を抜けて、立ち上がってこちらに歩いてきてくれます。他の男の子たちはまた私に背を向けて、わいわいやり始めました。

「ちょっと、床。徐々にちゃんからも、床って呼ばれてんの？」

少し寂しそうな顔で、雁が私にささやきました。

「ええ、あの……。雁が付けてくれたワシのあだ名、気に入ったものだから、徐々にちゃんにもそう呼んでもらおうかと……」

私が答えますと、

「ふうん」

雁は目を伏せて頷きました。二人だけのあだ名にしておきたかったのかもしれません。

「雁に断りを入れてから、徐々にちゃんにもそう呼んでもらうようにすれば良かったかもしれない」と私は後悔しました。でも、それだったら、挨拶する前から徐々にちゃんのことを徐々にちゃんと呼び始めた雁も変です。

「わあ、床、いらっしゃい。どうしたの？　あ、今日のファッションも素敵だねえ。藍染め on 藍染めだね」

徐々にちゃんは私のワンピースとエプロンに対して、拍手《はくしゅ》してくれました。私は、縦縞《たてじま》の入っている藍染めのワンピースに、薄い色の藍染めのエプロンを締めています。

「ありがとう。徐々にちゃんの巻きスカートも、とっても素敵」

私はにっこりしました。

「そちらは?」

引き戸に手をかけて、徐々にちゃんは雁に目線をずらします。

「雁です」

私は手の仕草をつけて、紹介しました。

「どうも、雁です」

雁は、ぺこりとお辞儀しました。雁はいつも通りの、リボンタイにグレーのニット、プリーツスカートという女子高生スタイルです。

「よろしく。僕は徐々にちゃんだよ」

徐々にちゃんは当たり前のように平気でそう名乗って、雁に握手《あくしゅ》を求めました。すると、雁も応じ、

「あのう、徐々にちゃんも、年齢の問題についていろいろと考えているそうですね?」

と言いました。

「別に、考えているってほどじゃないよ。ただ、ゆっくり生きているっていうだけ。大人になるのを先延ばしにして、まだまだのんびり子どもでいるんだ」

徐々にちゃんは答えました。

それから立ち話のまま、雁について、それから徐々にちゃんについて、私から簡単な紹介を続けました。二人はすぐに意気投合しました。

「ねえ、徐々にちゃん。床だけでなく、私とも友だちになりませんか？」

突然、雁が徐々にちゃんに向かって提案しました。

「え？　だって、ワシだって、まだ徐々にちゃんと友だちかどうかわからないのに」

私が割って入りますと、

「土曜日にすでに友だちになったつもりだったのに」

徐々にちゃんががっかりした顔で言いました。

「あ、そ、そうですか？」

私はどぎまぎしました。

「それだったら、三人で友だちになりませんか？　私と床が友だちになって、床と徐々にちゃんが友だちになったんですよね？　もう、私と徐々にちゃんも友だちになっちゃえばいいじゃないですか？　簡単なことですよ」

　雁がぐいぐい行きます。

「いいねえ、近頃はみんな、受験のことで頭がいっぱいだから、もう進路が決まっている僕は、クラスの奴《やつ》らとなんだか話を合わせづらくなっていたんだ。高校もあと数ヶ月ってところで、違うクラスの友だちが増えるの、いいねえ」

　徐々にちゃんは両手をグーにして揺らし、楽しそうにしました。

「わあ、嬉しい。そしたら、よろしくね」

　雁が徐々にちゃんに対してタメ語に変わりました。

「じゃあ、雁も『編み物クラブ』に入んなよ」

　徐々にちゃんが誘います。

「そうだね、入ろっかな」

　いとも簡単に「編み物クラブ」への入部を決めた雁でした。


　その週の土曜日、第二回の「編み物クラブ」は、駅前で待ち合わせてから三人一緒に向かいました。

　雁は冬之宮町というところに住んでいるのですが、冬之宮町も雪野市内なので、入部に問題はありません。「次回、友だちを連れて伺ってもいいですか？」ということは、事前に私から網田亜未夫先生にメールでお尋ねしました。網田亜未夫先生からは、「編み物はすべての人を受け入れます」という返信がありました。網田亜未夫先生はメールアドレスをお持ちです。0-0-0-0-@……、という、編み目記号のようなアドレスです。もともと私が「編み物クラブ」に入部したときも、最初はメールで問い合わせたのでした。

「工作室3」に入っていくと、机はまた二つに分かれていました。おばさんグループと、おばあさんグループです。てっきり、もう輪になってやっていくのかと思っていたので、私は、

「あれ？」

つい、口に出してしまいました。

「ああ、そうね。机を動かしましょうか？」

頭にリボンのバレッタを着けて、フリルのスカートを穿いた少女趣味なファッションのおばさんが立ち上がりました。

「わあ、そうよねえ。先生がいらっしゃる前に、輪にしましょうよお？」

ピンク色の縁の眼鏡のおばあさんがおっしゃいました。

「よし、さあ、動かすか」

ベリーショートで、かっこ良くジャケットを羽織っているさばさばしたおばさんも席を立ちます。

「そちら、持っていただける?」

鼈甲色の縁の眼鏡のおばあさんが机の脚を持っておっしゃると、

「ええ、では、一緒に持ち上げましょう。せーの」

いかにもおばさん風のくるくるパーマをかけ、チュニックとジーンズという楽な格好をしたおばさんが反対側をつかみます。

「あ、僕がやりますよ。腕力あるんで。あ、この机なら、ひとりで持てますよ」

徐々にちゃんが出ていって、軽々と机を持ち上げて移動させました。

「さすがねえ。若い方は違いますねえ」

緑色の縁の眼鏡のおばあさんがおっしゃいました。

椅子を九つ、くるりと輪にすると、

「せっかくだから、ばらばらに座りましょうかあ?」

ピンク色の縁の眼鏡のおばあさんが提案なさいます。

「そうですね。先生も、みんなで雑談するのが編み物の醍醐味《だいごみ》だとおっしゃっていたしな」

ベリーショートのおばさんが言います。

そこで、年代によるグループ分けは解体され、おばさんの隣りにおばあさん、という感じでそれぞれ席を選び始めました。でも、雁は徐々にちゃんから離れず、徐々にちゃんの横に陣取りました。私は、ちょっとむっとしました。「年齢というものは必要ない」と主張していたはずの雁が、自分は高校生同士で仲良くしようとするなんてひどいではないか。そう思いました。

私は、ピンク色の縁の眼鏡のおばあさんと、ベリーショートのおばさんの間に座りました。

そこへ、網田亜末夫先生が登場し、

「お、みなさん、いいですね。そうです。編み物は集いです」

満足気に微笑まれました。

みんなはそれぞれの編み物を机に出して、編み始めます。

「まあ、あなたのその毛糸の色の組み合わせ、とってもいいわねえ。黄色と青を合わせるなんて、キッチュだわ。わたくしも真似《まね》していいかしら?」

鼈甲色の縁の眼鏡のおばあさんがおっしゃいました。

「ええ、もちろん。どうぞ」

マフラーを編んでいた、くるくるパーマヘアのおばさんがにこにこします。

「あなた、それはなあに？」

ピンク色の縁の眼鏡のおばあさんがお尋ねになります。

「鍋《なべ》つかみです。私は鍋つかみばっかり、これまでに八十個編んでいるんです」

リボンのバレッタを着けているおばさんが答えます。

「まあ、どうして鍋つかみを？」

緑色の縁の眼鏡のおばあさんがご質問なさいます。

「さあ、自分でもどうしてかわからないんですが、鍋つかみがたくさん台所にあると安心するんです」

リボンのバレッタを着けているおばさんはせわしなく棒針を動かしながら、そう言いました。

「私も、鍋つかみを作ってみたいです」

雁が口を開きました。

「まあ、それじゃあ、私が教えてあげましょう」

リボンのバレッタを着けているおばさんが言って、手取り足取り雁に教え始めました。

雁は前日、学校帰りに私と一緒に駅前のユザワヤへ寄って、七号棒針と、オレンジ色の毛糸と黄色い毛糸を二玉ずつ、購入していたのでした。

網田亜未夫先生は嬉しそうにみんなの間をくるくると歩いて回ります。そして、ところどころでアドヴァイスをします。

十人でがやがやと雑談をしながら編み進めます。会話はだんだんと編み物の話題を離れ、雪野町や冬之宮町の歴史と未来についての話題に移っていきました。

「ねえ、雪野町の昔話にね、雪女が訪れて男の人に息を吹きかけて殺して女だけの街にした、っていうのがあるらしくってね。ここでは男の子が育ちにくいんですってよ」

ひそひそ声で緑色の縁の眼鏡のおばあさんがおっしゃいます。

「まあ、怖い。でも、それは嘘《うそ》だわ。わたくしの息子たち三人はぴんぴんしておりますし、孫たち四人も元気ですわ」

鼈甲色の縁の眼鏡のおばあさんがお笑いになります。

「この雪野町はそもそも雪女が雪玉を丸めて地面に落として土地を作った、という言い伝えもあるらしいしね。だから、地盤沈下《じばんちんか》が激しいとか」

ベリーショートのおばさんが言います。

みんなで喋りながら、手元に集中して作業を続けていくと、心がとても静かになっていきます。

クラブが終わったあと、私と雁と徐々にちゃんは、三人で喫茶「くるみボタン」に寄ることにしました。

エメラルドグリーンのペンキで塗られたテーブルに着き、格子窓から暮れていく空を眺めます。私は紅茶、雁はココア、徐々にちゃんはクリームソーダを頼みました。

「今日は、年齢の垣根《かきね》を越えてみなさんとお喋りできて楽しかったですね。まるで修行、あるいはセラピーのよう、とワシは思いました」

私は紅茶を口に運びながら言いました。

「編み物には、そういう要素があるのかも。こないだ、またアルネ&カルロスが編み物雑誌に登場していたんだけど、彼らは東日本大震災が起きたとき、東北に編み物を教えにきてくれたらしいんだ。被害を受けて心に傷を負った人たちが、みんなで集まって編み物をしたことによって心を落ち着かせたり、作った品物を売って復興に役立てたりしたらしいよ」

徐々にちゃんはどぎついグリーンのクリームソーダにストローを差します。

「おばさんたちもおばあさんたちも、楽しそうでしたね」

私は言いました。

「でもさ、僕は、おばさんとおばあさんの境目ってよくわからないんだよね。女の人って、『若い女性』以外は、おばさんもおばあさんも同じだろ？　三十歳以上は全員、おばさんじゃないの？　おばさんとおばあさんを分ける必要なんてないよな？　それに、僕、大人の人の年齢って、全然読めないんだ。今日も、誰が誰より年上で、誰が誰より年下か、見た目ではまったく判断できなかった」

徐々にちゃんが言いました。

「あたしも、みんなの年齢って、全然わからなかった」

雁はココアの上に載ったホイップクリームを少し上唇に付けたまま言いました。

「え？　そうなんですか？　ワシはわかりますよ」

私は胸を張りました。

「そしたら、誰が一番年上なの？」

徐々にちゃんが聞きます。

「そりゃあ、網田亜未夫先生ですよ」

と私が答えますと、

「それは、あたしにもわかる」

雁が言います。

「一番若いのは？」

徐々にちゃんが尋ねます。

「徐々にちゃんです」

私は答えます。

「それもわかっている」

雁はしかめ面で頷きます。

「その次は？」

徐々にちゃんが聞くので、

「雁です。その次は、リボンのバレッタの方です」

私は言いました。

「あたしに鍋つかみの作り方を教えてくれた方ね」

雁が頷きます。

「ええ。年齢順で言うと、徐々にちゃん、雁、リボンのバレッタの方、くるくるパーマヘアの方、ベリーショートの方、ワシ、緑色の縁の眼鏡の方、ピンク色の縁の眼鏡の方、鼈甲色の縁の眼鏡の方、網田亜未夫先生、になります」

指を折りながら、私は年齢の順序を挙げました。私は常に人のことを年齢を基準にして見ているので、自信があります。

「ところでさ、床は卒業したら、何するの？　大学へは行かないの？　専門学校？　それとも、就職するの？」

雁がココアのカップを両手で包んで指先を温《あたた》めるようにしながら、突然そんなことを聞いてきました。

「うーん、なんのプランもないです。卒業してから考えます。なんとかなりますよ。雁は将来のことをちゃんと考えているんですか？」

私は紅茶を飲みながら聞き返しました。

「将来のことは考えていないけど、来年は大学へ行くつもりだよ」

雁は答えます。

「ええ？　そうなんですか？」

私は驚いて、ティーカップを落としそうになりました。

「前にも言ったことがあると思うけど……。推薦で決まっている、って」

雁はいぶかしみました。

「進路を全然考えていない人なんて、床の他にはいないよ。この時期の高校三年生は、今後の受験の合否によって左右されるにせよ、志望はみんな決めているよ」

徐々にちゃんは言います。

「でも、雁は、『今のことしか考えられない』とか、『人間には現在しかない』とか、そんな感じのことを言っていたじゃないですか？」

私はムキになって言《い》い募《つの》りました。

「今っていうのは、瞬間のことじゃないでしょう？　自分が、『今』って感じる時間の総体でしょう？　受験するかしないか、って、先生も友だちもみんなしょっちゅう言っているんだから、自分はどうしよう、って当然、今、思うでしょう？　高校三年生っていうのは、そういう時間じゃないの。それであたしは、推薦入試を受けて、大学を決めたんだよ。未来には興味ないから、将来に役立つ勉強をするところでなくて、あくまで学問をやるようなところにしようと、哲学科にした。でも、まあ、まだ実際に入学するかどうかは、四月になるまでわかんないけど」

雁は嘯《うそぶ》きました。

「徐々にちゃんも決めているんですか？」

私は、横に座る徐々にちゃんに向き直って、尋ねました。

「決めているよ。僕は、ゆっくりとやりたいことをやっていきたいと思っているんだ。来年は、フリーターになるよ」

徐々にちゃんはクリームソーダに入っていた真っ赤なさくらんぼを口に含みながら言いました。

「え？　フリーターになるの？」

がたっと椅子を揺らして、雁が徐々にちゃんの科白に被《かぶ》り気味に言いました。

「うん」

徐々にちゃんは、平気な顔で頷いて、種を吐き出します。

「『進路が決まっている』って、前に言っていたから、てっきり、あたしと同じように、推薦で大学を決めたのかと思っていた」

雁は、口をあんぐり開けています。

「違うよ。フリーターという進路だよ。いつか大学へ行きたくなったら、そのときに大学へ進学するかもしれない。自分には自分のタイミングがある。みんなが大学に行くタイミングに合わせて自分も進学する必要はないだろ？　だから、まずはフリーターになる」

徐々にちゃんは首を大きく振りました。

「徐々にちゃんは、フリーターになって、何をするんですか？」

私は質問しました。

「まず、歩いて日本一周をしようかと」

徐々にちゃんは、クリームソーダのアイスクリームを細長いスプーンですくいます。

「そんなの、フリーターじゃないよ」

ぷっと雁は噴《ふ》き出《だ》しました。

「え？　違うの？」

目を大きく見開いて、徐々にちゃんは聞き返します。本当にびっくりしたようです。

「フリーターっていうのは、アルバイトとか非正規雇用《ひせいきこよう》で収入を得て暮らしている人の呼称だよ。稼《かせ》いでいない人はフリーターを名乗れないよ」

雁が指摘しますと、

「そうなんだ……。自由な人の呼び名かと思っていた。じゃあ、僕の目指しているのは、何？　ニートかな？」

徐々にちゃんは、がっくりと肩を落としました。

「旅費はどうするつもりなの？」

雁は畳《たた》みかけます。

「親に借りる」

「完全なるニートだね。駄目駄目だね」

「本当だ。僕は自立までに随分《ずいぶん》と時間がかかりそうだなあ。三十まではモラトリアムということで、親のすねをかじりながらやっていくよ」

徐々にちゃんはそう言って、両腕をぐっと天井に向けて伸ばし、ノビをしました。

「花婿《はなむこ》修業中ってことにしたら？」

雁が言いました。

「なんですか、それは」

私は尋ねました。

「昔は、ニートに、『花嫁修業中』『家事手伝い』みたいな肩書きがあったじゃない？　女学校出たあとは、家の手伝いをして、ときどきお見合いをしながら数年過ごす……、って、そういう生き方がありみたいな風潮がさ」

雁は続けます。

「いいねえ、性別をどうするかはまだ決めていないけれど、誰かと結婚して一緒に暮らすというのには憧れを持っているからなあ。うん、旅をしながら花婿修業中、ってことにしよう」

徐々にちゃんは雁の意見に食いつきました。

「ねえ、あたしとはどう？　将来、あたしと結婚をするっていうのは？」

雁が言いました。

「えええええ」

私は叫《さけ》びました。

「いいよ」

あっさりと徐々にちゃんが頷きました。

「えええええ」

私は再び叫びました。紅茶とココアとクリームソーダの水面が波立ちました。

「実はあたし、前々から、徐々にちゃんのことを学校でよく見かけていて、かっこいいな、って思っていたんだ。顔ももちろん、スカートを堂々と穿く姿勢も。床のおかげで、やっと話せるようになって、すごく嬉しかったんだ。それで、話してみたら、自分のペースをすごく大事にしているってことがわかって、余計《よけい》に惹《ひ》かれた」

大きな目で徐々にちゃんをじっと見詰め、雁はしっかりとした声で言いました。

「僕も、ときどき廊下で通りすがりに見て、可愛いな、って思っていたよ。話してみて、自分の意見をしっかり言えるところを好きになった。これからもっと好きになると思う。結婚を前提につき合おう」

徐々にちゃんも返しました。

「お、お、おめでとう」

あっけに取られながら、私は二人を祝福しました。

「でも、三人で友だちなのは、これからも変わらないよ」

雁が私の手を握ります。

「だけど、もう、雁と徐々にちゃんの間には友情がないのでしょう？」

私はおずおずと尋ねました。

「あるよ。あたしと徐々にちゃんは、友だちで恋人なの」

雁はにっこりしました。

「そうだよ。床とも雁ともずっと友だちだよ。床は僕たちのキューピッドでもあるわけだしね」

徐々にちゃんも頷きました。

「お邪魔でないなら、どうぞこれからも遊んでね」

私は、ちょっと俯《うつむ》いて、紅茶に砂糖を足《た》しました。


そして店を出て、電車に乗る雁を雪野駅まで送りました。雁が改札に消えるのを見届けてから、私と徐々にちゃんは、途中まで一緒に帰ります。ガソリンスタンドがある大きな四つ辻のところで、別の道に分かれるので、手を振り合います。横断歩道を渡った徐々にちゃんに、私は何度も手を振ります。交通量の多い道なので、声は届きません。自動車やトラックが走り抜ける中、何度か振り返って、お互いに黙って手を振り合います。


その翌週に行われた第三回の「編み物クラブ」もとても楽しく、年代に関係のない話題で一同盛り上がって和気藹々《わきあいあい》と過ごしたのですが、最後に、

「年内にあともう一回、この『編み物クラブ』をやる予定だったのですが、誠に恐縮ながら、ワシの個人的な事情ができてしまいまして……。先日、病院で健康診断を受け、レントゲンを撮《と》ったところ、肺に影がありましてねえ。この年になればいろいろあります。良性の腫瘍《しゅよう》か、悪性の腫瘍かは、手術で取ってみて、組織検査をしなければわからないとのことで、来週の土曜日に手術をすることになってしまいました。というわけで、年内は今日までで、来週はお休みさせていただきたいのです。しかし、この『工作室3』はすでに借りていますから、自主的にここで編み物をやりたいという方は、事務所へ行って鍵《かぎ》を借りてくれれば、開けられます」

と網田亜未夫先生がおっしゃいました。

「ああ、どうかお大事になさってください」

私は祈りのポーズをしました。

「どうぞ、お大事に」

緑色の縁の眼鏡のおばあさんがおっしゃいました。

「お体、大切になさってください」

ベリーショートのおばさんも言います。

みんな、口々にお見舞いの言葉を口にしました。

全員、うるんだ瞳《ひとみ》をしています。まだ三回しかクラブは開かれていませんが、もうみんなすっかり、網田亜末夫先生のファンになっていたのです。

「おそらく、良性だと思いますので、心配はしないでくださいね。また、年明けにお会いしましょう。今年、編み物のおかげでみなさんに会えたことに感謝いたします。みなさん、良いお年を」

にこやかに挨拶し、網田亜末夫先生はお辞儀をなさいました。

網田亜末夫先生が「工作室3」を出ていかれたあと、九人の生徒たちは頭を寄せて話し合いました。

「まああ、とっても心配ですわねえ」

ため息を吐いて、ピンク色の縁の眼鏡のおばあさんがおっしゃいました。

「でも、手術で取り除けば、治《なお》るんですよね？」

雁が尋ねます。

「運良く良性腫瘍だったらね。悪性だと、手術で良くなるとは限らないのよ。なかなかきちんと取り除けないし。転移する可能性もあるし」

緑色の縁の眼鏡のおばあさんがおっしゃいます。

「悪性ってなんですか？」

私は質問しました。

「がんのことよ」

鼈甲色の縁の眼鏡のおばあさんが教えてくださいました。

「まあ」

私は驚きました。

「万が一、とても残念なことにそれががんだった場合は、どういう治療をなさるのかしら」

リボンのバレッタを着けたおばさんが首を傾げました。

「再手術か、抗がん剤治療か……」

ベリーショートのおばさんが言いました。

「私の友人が抗がん剤治療をしているのですけれど、そういう治療って、とってもつらいみたいですわね。髪も抜けちゃって」

緑色の縁の眼鏡のおばあさんがおっしゃいます。

「まあ、九十歳にしてあんなにふさふさなのはご自慢に違いないのに、あれが抜けてしまったら、さぞかしおつらいでしょうねえ」

くるくるパーマヘアのおばさんが言いました。

「わたくしたちにできることはないかしら」

鼈甲色の縁の眼鏡のおばあさんがみんなの顔をご覧になります。

「ニット帽を編むのはどうでしょうか？」

くるくるパーマヘアのおばさんが提案します。

「そうね、そういたしましょう。みんな、今編んでいる自分のものはいったん横に置いて、先生のためにニット帽を編みましょう。使わないで済んだら、それに越したことはないのだし、とにかく編んでみませんか？」

緑色の縁の眼鏡のおばあさんがおっしゃいました。

「僕は来週、ここで編みます」

徐々にちゃんが賛同しました。

「そしたら、あたしも」

雁も挙手しました。

すると、私も、わたくしも、とみんなが手を挙げて、来週にみんなで編むことになりました。

姦《かしま》しく話し合って、色とりどりの九つのニット帽を年明けに先生へプレゼントすることが決まったのです。


翌週、私たちは「工作室3」で、網田亜未夫先生の手術の成功と腫瘍が良性であることを祈りながら、ニット帽を編みました。

「上手くいきますように」

「どうか上手くいきますように」

みんなでぶつぶつ言いながら手を動かしていると、願いが届くような気がしてきます。

私と雁と徐々にちゃん以外の人たち、つまりおばさんたちとおばあさんたちは、その時間だけでニット帽を完成させました。驚きでした。

私は、四時間かけて、三段目をやっと終えただけでした。初めての棒針、しかも輪編みでとても緊張します。私が編んでいるのは、青一色でメリヤス編みをする、とてもシンプルな形のものです。他の人たちは、ボーダーだったり、ポンポンが付いていたり、縄編みをデザインしたり、網田亜未夫先生に気に入ってもらえそうなファッショナブルなものを作っていました。雁も徐々にちゃんも、私よりも上手でした。徐々にちゃんのサンタクロースみたいな帽子はもう半分ほどできていますし、雁のベレー帽も三分の一ほどは仕上がっています。なんで私だけ……。地団駄《じだんだ》を踏みました。

「焦ったら楽しくないわよお。編み物は楽しく、って先生もおっしゃっていたでしょう？年明けまででいいんだからあ。ね、お休みの間にゆっくりなさい。ひとりで編む時間だって、楽しいものよお？」

ピンク色の縁の眼鏡のおばあさんがなぐさめてくださいました。

「はい。年末年始は家で編み物します。年明けまでには仕上げて、持ってきます」

涙を堪《こら》えて、私は言いました。

「では、良いお年を」

「良いお年を」

みんなは口々に挨拶して、別れました。

良いお年を、という挨拶は寂しいです。「今年は、もう会わない」という確認のようです。「あなたとは節目を一緒に過ごさない」という宣言のようにも聞こえます。

おばさんたちともおばあさんたちとも、編み物をしながら、たくさんの会話をして、いつの間にか仲良くなっていました。しかし、いつも手元を見て喋っていたので、顔の記憶はあやふやです。儚《はかな》い関係なのです。

年末年始の多くの時間を、私は編み物に費《つい》やしました。

自室にこもって、机の前で、毛糸をいじくり回し続けます。

手元に集中すると、世界がパズルのように見えてきます。

パブロ・カザルスの『無伴奏《むばんそう》チェロ組曲』を聴きながら、棒針をくるくる動かしていきます。

バッハの音は、編み物にとても似ています。音符の動き方が、模様編みっぽいのです。音が整列しているので、聴いていると、編み目も美しくなりそうです。

音源が古いモノラル盤のせいか、炊飯《すいはん》ジャーでごはんが炊《た》けていくときのような、ぷつぷつしゅわっという音が交《ま》じっています。

音は、毛糸と共にニット帽に編み込まれていきます。冬の夜が、ちくちくと更《ふ》けていきます。

三学期の始業の前日、私は美容院へ行って坊主頭にカットしました。

翌日、登校すると、

「え、え。どうしたの?」

雁が目を丸くして、私の頭を見上げました。

「網田亜未夫先生の真似をしようと思いまして」

私は自分の頭を撫でました。

「でも、まだ網田亜未夫先生が坊主頭になるかどうか、決まっていないじゃないの。良性だったら、万々歳《ばんばんざい》で、手術で治るんだし、もしも悪性だったとしても、抗がん剤治療をするかどうかは、わからないじゃない?」

雁が言いました。

「そうですけど、でも、別にいいじゃないですか。坊主頭にしたって。前から、一回、してみたかったんですもん」

にっこりと私は笑いました。

「同情で坊主頭にするなんて……」

雁は眉をひそめます。

「同情じゃないですよ。したかったから、したんですよ」

私は首を振りました。

「ニット帽をプレゼントするので十分じゃないの」

雁は言い募ります。

「ニット帽は失敗しちゃったんです」

私は、年末年始の多くの時間をかけて編み上げたニット帽を、シルバーカーから取り出しました。それは、グレープフルーツがやっと入るくらいの小ささで、形も丸ではなく楕《だ》円《えん》で、そして、どういうわけか裾がくるくるとめくり上がってしまっていました。目はがたがたです。

「床って……。不器用だったんだね」

小さな声で雁が言いました。

そこにチャイムが鳴り、河合先生が入ってきました。そして、開口一番、

「おい村崎。なんで坊主頭にしたんだ」

と怒りました。

「おじいさんっぽくなりたかったので」

私は返しました。

「女の子が坊主頭にすると、みんなからかわいそうだと思われるぞ。体罰ではないかと学校が疑われる可能性もある」

そんなことを河合先生は言いました。

「はあ」

私はにやにやと曖昧に頷きました。

「これからどうするつもりか知らないが、坊主頭で就活しても、上手くいかないぞ」

河合先生はそうも言いました。

「自分の意志で切りました。『坊主頭は採用しない』と性差別をする会社なんてこちらから願い下げです」

徐々にちゃんも坊主だけれど誰からも怒られていないのだから私だって平気なはず、と私が落ち着いて答えると、

「もう知らん。さあ、みんな、明けましておめでとう」

河合先生は私への興味を打ち切り、クラスのみんなに向き直りました。

その週の土曜日、第四回の「編み物クラブ」がありました。

「みなさん、明けましておめでとう。今年もどうぞよろしくお願いします。さて、私事で

恐縮でしたが、前回はワシの体を理由にお休みをいただきました。おかげさまで、手術は無事終わりまして、検査の結果、腫瘍は良性だったことがわかりました。本当にどうもありがとう」

網田亜未夫先生はみんなに向かって頭を下げられました。ふさふさの白髪は以前のままでいらっしゃいます。

「わあ、良かったわあ」

「おめでとうございます」

みんな、口々に言いました。そして、机に毛糸を出し、それぞれが元々編んでいたものの続きを編み始めました。

網田亜未夫先生は、いつものようにくるくるとみんなの間を歩いて回り、私のところへいらしたとき、

「おや、髪型を変えましたね。似合いますよ。いいですねえ、最近の若い方は自由なファッションができて。そうやって、自分らしい髪型を堂々とできるのは、とってもいいことですね」

と坊主頭を褒めてくださいました。

おばさんたちやおばあさんたちが勝手に抗がん剤治療のことを想像してお喋りしたなど

とは露《つゆ》ほども思わない網田亜未夫先生は、私が斬新《ざんしん》なファッションをたんに楽しんでいる、と捉えたようです。

しかし、おばさんたちやおばあさんたちには私の気持ちがわかったのでしょう。クラブ終了後、網田亜未夫先生が「工作室3」から出ていくと、私のところに集まってきて、

「このニット帽は、あなたにあげるわね」

「私のもあげるわ、被って」

「そんな頭じゃ、寒いでしょう」

と口々に言って、網田亜未夫先生にあげる予定だったニット帽を私の手に載せました。雁と徐々にちゃんもつられてくれました。私は、八つもニット帽をもらってしまいました。

公民館を出たあと、

「ちょっと聞いてもらいたいことがあるの」

雁が私と徐々にちゃんに向かって言うので、また三人で、喫茶「くるみボタン」へ行きました。エメラルドグリーンのテーブルに着いて、私は紅茶、雁はホットミルク、徐々にちゃんはウィンナーコーヒーを頼みました。

「ターシャっぽいでしょうか？」

私は頭に触りながら言いました。緑色の縁の眼鏡のおばあさんがくださった、水色のニット帽を被っています。

「ターシャって誰？」

雁がホットミルクのカップを持ちながら尋ねます。

「有名なおばあさんだよ。ターシャ・テューダー。床のファッションアイコンなんだよね。ターシャはいつもスカーフを頭に巻いているから、シルエットとしては似ているような気もするんだけれど……」

徐々にちゃんがウィンナーコーヒーを飲みながら私の代わりに説明してくれました。

「でも、ニット帽だと、なんて言うか……」

雁は私の頭をじっと見ながら、口を手で押さえて笑いを堪えています。

「火野正平《ひのしょうへい》っぽい」

徐々にちゃんが指摘しました。

「そう」

雁は頷いて、腹を抱えました。

「ワシもそう思いました。火野っぽさが、どうしても出てしまって……」

がっくりしながら、私は紅茶をひと口飲みました。

「それか、泉谷《いずみや》しげるね」

徐々にちゃんが言いました。

「どうしてでしょう。なんで、火野か泉谷にしかなれないんでしょう」

私は肩を落としました。

「まあ、いいじゃないか。火野と泉谷とターシャを混ぜ合わせたファッションということで」

徐々にちゃんが言いました。

「そうですね。ひとりの人の真似をするより、たくさんの人を混ぜた方が面白いですもんね」

私は領きました。

「ねえ、そしたら、話してもいいかな?」

改まった口調で、雁が切り出しました。髪をちょっとねじって、ピンを差し直し、猫耳ヘアを整えてから、きちんと椅子に座り直します。

「何かな? どうぞ」

徐々にちゃんが手を雁の方へ向けました。

「話してください」

私も促しました。

「あたしのお腹に赤ちゃんがやって来ました」

雁が言いました。

「え？　どういうことですか？」

私は面食らいました。

「おお、やったあ。頑張《がんば》って育てよう」

徐々にちゃんがにっこりしました。

「ああ、良かった。徐々にちゃんはそう言うと予想していたよ」

ホットミルクの湯気に包まれながら、雁はほっとしたような顔をしました。

「だけど、本当なんですか？」

半信半疑で私は尋ねました。赤ちゃんが来たというのは、そんなにすぐに、はっきりと認識できるものなのでしょうか？　私は、まだ性の知識をあまり持っていません。

「予定日を過ぎても生理がなかなか来ないから、ドラッグストアで妊娠《にんしん》検査薬を買って、おしっこをかけてみたの。そしたら、陽性って出たんだ。昨日、病院に行ったら、今、妊娠六週だって。妊娠のことってよく知らなかったんだけど、インターネットで検索《けんさく》したらどんどん情報が出てきて、何をしたら良いのか、すぐにわかったよ」

うふふ、と雁は笑いました。ちっとも不安ではないようです。

「お金はどうするんですか？」

私が尋ねますと、

「親に借りるしかないかなあ。あたしも働こうと思う。大学をどうするかはまだ決めていないけれど、それも親に相談だなあ」

ハーブティーをひと口飲んで、雁は言いました。

「先のことを考えていない、今の快楽だけを追求している、って世間《せけん》から批判されるんじゃないですか？」

心配で、つい私は指摘してしまいます。

「実際、先のことなんて考えていないし」

雁が返します。

「そもそも、世間からどう見られるかなんて、どうだっていいじゃないか」

平気な顔で、徐々にちゃんが言いました。

「性別はゆっくり決める、って前は言っていたのに」

私はつい、責める口調になってしまいます。

「子どもを作ったからって、男になったわけじゃないよ」

徐々にちゃんは顔つきを変えずに反駁《はんばく》しました。

「あたしだって、女になったわけじゃない」

雁が言いました。

「そもそも、徐々にちゃんはまだ九歳なんですよねえ。九歳の人が父親になれるんでしょうか？」

私は疑問を呈《てい》しました。

「公的な年齢は十八歳だから、法的には問題ないだろ？」

徐々にちゃんはウィンナーコーヒーをスプーンで掻《か》き混《ま》ぜます。

「法的に問題がなくても、モラル的にはどうでしょうか？　子どもが子どもを育てられるんでしょうか？」

私は言います。

「みんなから手助けしてもらえばいい。床だって、助けてくれるだろう？」

徐々にちゃんは私を見ます。

「ええ、そりゃあ、助けます」

私は頷きました。でも、なんだか、涙が出そうでした。私よりずっと小さい、百四十センチちょっとしかない小柄《こがら》な雁に赤ちゃんができたなんて、受け入れ難《がた》いです。私はおばあさんになっているつもりですが、雁が私を置いて大人になってしまったように見えて、どうしても寂しく感じてしまいます。しかし、人間としては変なことではありません。大昔の時代ならば十八歳はごく普通に初産《ういざん》の年齢でしょう。

「ありがとう」

目を輝かせて、雁が私の手を握りました。

「まずは、それぞれの親に話さないと」

徐々にちゃんがウィンナーコーヒーを掻き混ぜます。

「うん。折を見て話そう。うちの親は、きっと応援してくれるよ」

雁が言いました。

「うちも、まあ、上手く話せば、なんとか……」

徐々にちゃんが頷きます。

「頑張ってください」

私は手に汗《あせ》を握りました。気持ちは複雑ですが、当事者ではないので、応援するしかありません。

「これからは、病院に通うとき、僕も一緒に行くよ」

徐々にちゃんが、雁を見詰めました。

「うん、ありがとう。頼むよ」

雁は目に涙を溜《た》めて頷きました。

「ウィンナーコーヒーって、ウィンナーは入っていないんだね」

ふと、徐々にちゃんが、自分のカップを見詰めました。

「徐々にちゃん……。さっきっからクリームを混ぜていたのは、ウィンナーを探していたのか」

憐憫《れんびん》のまなざしを、雁は徐々にちゃんに注《そそ》ぎました。

「肉が入っていたら、脂《あぶら》が浮いておいしくないですよね」

私は指摘しました。

「僕はつい先月までキクラゲのことをクラゲだと思っていて、友だちにキノコだって教えてもらったばかりだからなあ。まだまだこういうのがありそうだなあ」

徐々にちゃんが言いました。

「未知の食べ物や飲み物がたくさんあるんですね。いいですね、若いっていうのは。これから、いろいろなことを知っていけますから、楽しみがいっぱいありますね」

私は言いました。徐々にちゃんはこれから、子どもと一緒にゆっくりと大人になっていくのだなあ、としみじみ思いました。

その翌々日、大雪が降り、ガソリンスタンドのある大きな四つ辻で、雪でスリップした車に轢《ひ》かれ、徐々にちゃんは亡くなりました。

私と徐々にちゃんがよく手を振り合った、あの四つ辻です。

夜更けに雁からの電話で知りました。

「今日の夕方、だって。苦しまないで、その瞬間に亡くなったみたい。救急車で運ばれて、ご両親が病院に駆《か》けつけたときには、もう……。あたし、何度か徐々にちゃんのおうちへ遊びに伺っていて、『彼女だよ』って徐々にちゃんが紹介してくれていたから、お母さんが私にも心配りしてくださって、連絡いただけたの。お母さん、号泣していて、お話も途《と》切《ぎ》れ途切れで短かったから、それ以上に詳しいことはわからないんだけど」

雁は生気のない弱々しい声をしていましたが、泣いてはいませんでした。まだ、泣けるほどには認識できていないのかもしれません。

「信じられない、そんなこと。おととい、一緒に編み物したばかりなんだから。それで……、雁、大丈夫ですか？　今すぐ、ワシ、そっちへ行きましょうか？」

目の前が真っ暗になって、膝ががくがくするのを覚えながら、私はなんとか声をしぼり出しました。

「大丈夫。もう時間が遅いし。明日、お通夜《つや》だから、そのときに……」

雁はそう言って、電話を切りました。


お通夜にも、告別式にも、雪が降りました。

私は喪服《もふく》を持っていなかったので、下校後、お通夜の前にしまむらに寄ってブラックフォーマルのワンピースを買い、駅のトイレで着替えてから行きました。制服のある学校だったら制服で行くのでしょうが、うちの学校は私服なのです。この日ばかりは、おばあさんっぽくしたいという気持ちにはなりませんでした。黒でさえあれば、服なんてなんでもいいという思いでした。坊主頭に喪服は似合いませんでしたが、それも気になりませんでした。

雁は学校を休んで直接来ました。やはり黒いワンピースを着ていました。学校指定ではない制服はフォーマルウエアにならない、という考えがあったのでしょう。かなり野暮《やぼ》ったいワンピースでした。もしかしたらお母さんに借りたのかもしれません。

雁は、私と会った瞬間、泣きました。そして、私と一緒に参列し、並んでお焼香《しょうこう》しました。高校生なので、彼女といっても、公の場ではただの友だちです。雁は、私とまったく同じ行動をしました。

夜になると、三年五組のクラスメイトや、雪野東高校の先生方も弔問《ちょうもん》に訪れました。

私の担任の河合先生もいます。私を見つけて、近くに来てくれました。

「悲しいな」

河合先生は私に言いました。私と徐々にちゃんが仲が良かったのを知っていたようです。

「ワシは学校で、『自分で決めろ』『強い意志を持つことが大事』と習ってきました。しかし、社会では、『自殺や尊厳死は良くない』『寿命は自然に任せろ』と謳《うた》われていて、ダブルスタンダードじゃないか、と感じていました。『寿命や年齢や性別は自分で決めるな。自分のことは自分で決めろ、とは言ったがそれは限られた範囲内《はんいない》でのことだ』というのでは、本当の自由は得られないと思います」

私は返しました。

「ほお」

河合先生は曖昧に相槌《あいづち》を打ちました。おかしなことをぺらぺら喋るので、私の心が不安定になっていると受け取ったのかもしれません。

「あの、不謹慎《ふきんしん》と思われるかもしれませんけど……。死にゆく人が、その人生に満足しているってことは、十分にありますよね？　それなのに、葬式では他人が必ず、『早過ぎる』

ってその人の人生の長さをジャッジして泣いて、とっても変です。自分の意志で死ぬ時期を決めるのが駄目なのに、世界に決められて死ぬ人のことを必ずかわいそうって言う。平均寿命以上で死ぬ人を、本人の考えと関係なく、『大往生ですね』と褒める。変だなあ、って思います。『自然に』っていうのを、そんなに大事にしたいのなら、どんな人のお葬式でも、泣かないのがいいんじゃないですか？」

私は続けました。

「うむ。ジャッジをしてはいけないというのは、確かにそうだ。ただね、相手に関係なく、自分が泣きたいときは泣きなさい」

河合先生は言いました。

私は泣きませんでした。

告別式には、「編み物クラブ」の網田亜未夫先生を始め、おばさんたちもおばあさんたちもみんないらっしゃっていました。私と雁も、学校を休んで行きました。

「ワシのような老いぼれが生きながらえて、加藤くんのような若い人が亡くなるなんて、神様はなんて非情なんだろう。ワシの分の命を加藤くんにあげたいよ」

と網田亜未夫先生は嘆《なげ》かれました。

「私の命もよ。なんて悲しい出来事でしょう」

「わたくしの命もあげたかったわ」

おばさんたちもおばあさんたちも泣いていらっしゃいました。

徐々にちゃんは前に、老人だけではなくて人はみんないつ死ぬかわからないのだと、生まれたときから死ぬ準備をしていないといけないのだと、言っていました。でも、まさか本当に、こんなことになるとは、私は想像だにしていませんでした。

ただ、徐々にちゃんは九歳といえども、すでに死の準備を始めていたかもしれません。徐々にちゃんの人生は短くとも、みんなが思っているより、ずっと素晴らしいものだった、という可能性があります。本人が満足しているということもあり得ると、それは肉親のように近しい人ではない者が勝手に思うことなのかもしれないけれど、私は思いました。


葬儀が終わって一週間が経った頃、私と雁は学校帰りに喫茶「くるみボタン」でゆっくり話しました。私も雁もウィンナーコーヒーを頼みました。

「まだ、気持ちの整理がつかないですけれど……」

私は言いました。

「あたしも、まだ夢の中にいるようで……」

雁も俯きます。

「あの……、お腹のことはどうするんですか？」

聞きづらいことでしたが、私は尋ねました。

「私、ひとりで育てるよ。徐々にちゃんの残したものだから。徐々にちゃんの分身だから」

雁は堂々と言って、セーターの上からお腹を撫でました。

「ご両親には話したんですか？」

私が質問しますと、

「うちの両親には言ったよ、三日前に」

雁が頷きます。

「なんておっしゃっていました？」

「最初は産むことに反対されたけれど、『絶対に産みたい。もしも産まなかったら、気が狂う。産んだら、ちゃんと生きていく自信が湧く』ってあたしが熱を込めて言ったら、応援してくれることになった」

「わあ、すごい」

いばらの道だろうと予想していたので、こんなに簡単に両親に応援してもらえることになるとは、驚きです。

「まあ、一応、良かった」

「ワシ、なんでも手伝うから。できることがあったら、なんでもするから。きっと可愛い子だ」

「ありがとう。……でも、徐々にちゃんのご両親にはまだ言っていない。たぶん、徐々にちゃんはまだ、ご両親に赤ちゃんのことを話していなかったと思う。電話でも、お通夜や告別式でも、徐々にちゃんのお母さんやお父さんからなんにも言われなかったから」

雁はウィンナーコーヒーを掻き混ぜて、ひと口飲みました。

「そうか」

私もウィンナーコーヒーを掻き混ぜて、ひと口飲みました。

「徐々にちゃんのご両親には、来週にでも、うちの親から伝えてもらう予定なの」

雁は言いました。


しかし、二月に入ってから、雁の赤ちゃんは流れてしまいました。

原因はわかりません。初期の流産は自然淘汰《しぜんとうた》と呼ばれる現象で、母体のせいではなく、赤ちゃんのもともとの性質のせいなのでどうしようもないのだ、という説明を雁はお医者さんから受けたそうです。

処置などがいろいろあったのかもしれませんが、精神的なショックも大きかったのでしょう。雁はそれから一ヶ月、学校を休みました。もともと受験シーズンなのでクラスメイトはあまり登校しておらず、雁が休んでいることは目立ちませんでした。私は何回か雁に電話をかけました。

「まだ、人とお喋りができるような気分になれないから、もうちょっと時間をくれる？でも、気にしてもらえていると感じられて、すごくありがたいよ」

小さな声で雁は言いました。

友だちとしてできることというのは、遠くから祈って、会いたくなってくれるのを待つことだけなんだな、と思いました。

三月になって連翹《れんぎょう》、木蓮《もくれん》、雪柳《ゆきやなぎ》など、春の花が咲き始めました。空気も柔らかくなってきました。卒業式の一週間前に、雁はいつもの制服を着て登校してきました。

「雁」

私は駆け寄りました。

「床」

雁も小走りで私のところに来ました。

「来週には卒業ですよ。もう学校では会えないかと思っていたので、嬉しいです」

私は言いました。

「卒業式が終わったら、卒業旅行へ行こう」

雁が誘ってきました。

「いいですけど、どこへ？」

私はすぐにその提案に乗り、しかし首を傾げました。

「どっか、床の好きなところでいいよ。おばあさんっぽいところ」

雁は言いました。

「そうしましたら、今日の帰りに、駅前の本屋さんに寄って、旅行のガイドブックなどを見てみましょうか？」

私は提案しました。

「そうしよう、そうしよう」

雁は諸手《もろて》を挙げて賛成しました。

そして、放課後に書店をぶらぶらした結果、一泊で水上《みなかみ》温泉へ行くことになりました。

卒業式の翌日、私と雁は上越線《じょうえつせん》でとことこ出かけました。沿線にはピンク色や黄色の花がちらちらと見えました。

私は、頭に藍染めのスカーフを巻き、深緑色のロングマントを羽織り、ボストンバッグを抱えています。雁は、白いダッフルコートを着て、大きめのトートバッグを膝に載せています。

車窓から見える景色がどんどん鄙《ひな》びてきたので、

「旅情が出てきたね」

と雁がはしゃぎました。

水上に着くと、駅から一歩出たところからすでに、雪がぎっしりと積もっていました。

「やっと春になったっていうのに、冬みたいなところに旅行に来ちゃいましたね」

私はそう言いながら、ビーン・ブーツで足跡を付けて雪道を進みました。ずぼっという音がしたあと、

「はまった」

という声が聞こえて振り返ると、雁が雪にはまっていました。わざとはまったのかもしれません。私は雁の脇の下に手を入れて、抱えて引っ張り上げました。今は、私は雁に大

分慣れて、雁の体に触《さわ》れるようになっています。

ざくざくっと雪を踏みしめながら、予約してある旅館を目指しました。

そこは、創業百年の古い旅館でした。ぼろぼろの外観で、中も昔の匂いがしました。

大人の引率《いんそつ》なしに泊まりがけで旅行をするなんて私にとっては初めてのことですから、とてもどきどきします。

仲居さんに部屋へ案内してもらいます。八畳《はちじょう》ほどの広さの、砂壁の部屋でした。コートをかけて、荷ほどきをしたあと、お茶を淹れました。

雁はテーブルに置いてあった梅干しのお菓子をつまんで、

「さあて、何をしよっか?」

と頬杖をつきました。

「温泉に一緒に浸《つ》かりましょう?」

私は湯呑《ゆの》みで指先を温めながら誘いました。

「嫌だ、嫌だ。ぜーったいに、嫌だ」

雁は頭をぶんぶん振ります。

「そうですか」

私は笑いました。

「同じ性別で、同じような体つきだからといって、裸を見せるのが平気なわけがない」

雁は言いました。

私と雁はお互いに、相手と自分が違うことを知っています。肌の色が似ていたり、年齢が同じだったり、体の形が近かったりしても、違うのです。そのことを尊重しなければなりません。でも、少し寂しくも感じます。

「徐々にちゃんには、裸を見せたんでしょう？」

つい、私は尋ねました。

「見せたよ。だって、恋愛相手だもの。もし、私と床が恋愛しているんだったら、裸を見せるよ。似ているとか似ていないとか関係なく」

雁は言いました。

「別々に入浴しましょう」

私は笑いました。

そこで、時間をずらして順番に大浴場へ行きました。露天風呂《ろてんぶろ》もあって、雪を見ながらのんびりと浸かります。私の坊主頭は大分髪が伸びてきましたが、それでも洗うのは驚くほど楽です。使うシャンプーの量はほんの少しです。

風呂のあと、近所を散歩しました。しかし、なんにもない街で、カフェもコンビニエンスストアも見つけられませんでした。

夕飯は旅館の一階にあるお食事処で食べました。お刺身《さしみ》や陶板焼《とうばんや》きなど、いかにもなメニューでした。

食後、また時間をずらして順番に二度目の温泉に浸かります。

部屋へ戻ると布団《ふとん》が敷《し》いてあったので、寝そべりながらお喋りをしました。障子《しょうじ》を開けたままにしているので窓から月が見えます。

「高校生の卒業旅行が、こんな老夫婦みたいな内容でいいのだろうか」

雁はつぶやきました。

「ワシは嬉しいですが」

私は答えました。

「そうだね。高校生だからって、無理にはしゃぐことないよね。おばあさんになってからだって、はしゃぎたくなったときにははしゃぐだろうし。とにかく、今、やりたいことをやればいいんだ」

芋虫《いもむし》のようにごろごろと布団の上を雁は転《ころ》がりました。浴衣《ゆかた》がはだけていきます。

「わあ、布団がぐちゃぐちゃになる」

私は雁を押し返しました。私も浴衣で、ごろりと掛け布団の上に横になります。

「……生まれる前から死ぬ準備をしないといけなかったんだねえ」

ぽつりと雁が言いました。

「赤ちゃんのこと?」

私は尋ねました。

「うん。あの子はとってもいい子だった」

雁は転がるのを止めて、天井の灯《あか》りから垂《た》れているビニール製の透明な紐をじっと見つめました。

「そうか」

私は頷きました。

「生きたと言えるのかどうかはわからないけれど、数週間といえども存在したんだ」

雁は続けました。

「そうだね。ワシも、みんなも、生まれる前から死ぬ準備をしておかなければならないんだ。そして、生きる長さに拘泥《こうでい》しないことだ」

私も天井を眺めました。天井の木目が胎児の顔のように浮き上がってきました。

「そう。あと、『意志』か『自然』かということにもこだわらないことだよ。堕胎《だたい》と流産ってまったく違うものと思われているけど、どうなんだろう、って考えたんだ。きっと、堕胎する人だって、大変な理由を抱えて、泣く泣くそう決めているんだよね？　あたしは赤ちゃんが来てくれたとき、絶対に堕胎はしない、産む、ってすぐに決めたけど、そうじゃない選択《せんたく》をした人のことを責めたいとは思わないよ。『自分で決めた』人だからって、『自然にそうなってしまった』人よりもかわいそうじゃない、とか、自分で決めた人のことはいたわる必要がない、とか、ってことはないよね？」

そんなことを雁は言いました。

「そうですね。網田亜未夫先生ががんかもしれないってときに、抗がん剤の治療とか、手術の仕方とかを少し知ったわけですけれど、病気になったら治療をどこまでするか、っていうのもあるじゃないですか？　延命治療をするべきかしないべきかとかも。そういうことを考えていくと、『意志』と『自然』の違いって、実はあんまりないいんじゃないか、という気もしてきたんですよ。『自然』に亡くなる人と、『意志』で亡くなる人の間に線引きする必要はないいんじゃないかな、って」

目を瞑《つぶ》って、私は近頃考えていたことをゆっくり喋りました。

「今になってみるとね、はっきりとわかるの」

雁が言いました。

「何が？」

私は尋ねます。

「あの子は、とってもいい子だったけど、徐々にちゃんとはまったく別の存在だったたって」

雁は答えます。

「え？　徐々にちゃんの子じゃないってこと？」

びくっとして、私は目を開いて聞き返しました。

「いやいや、徐々にちゃんの子だよ。だって、私、生まれてから今まで、赤ちゃんができるようなことをしたのは徐々にちゃんとだけだし。ファーストキスだって三ヶ月前、徐々にちゃんとしたんだよ」

首を振って、雁はニヤリと笑います。

「じゃあ、どういうことですか？」

私は雁の顔を覗き込みました。

「いくら親子でも、人間であるからには、完全に別々の存在なんだよ。徐々にちゃんが亡くなってすぐのときは、この子は徐々にちゃんの分身だ、もしかしたら生まれ変わりになるかもしれない、とまで思ったけど、今思うと、絶対にそんなんじゃない。子どもというのは、そういうものじゃない。まったく新しい、別個の存在だった。唯一無二の存在で、誰とも関係なく、独立して生まれようとしていた」

雁ははっきりとした語調で喋りました。

「うん」

その話をきちんと理解してあげられたかどうかわかりませんが、私は雁の声のトーンになんとなく胸を打たれました。

「徐々にちゃんは、なんにも残さずにいなくなったんだ」

雁は言いました。

「そんなこともないですよ。徐々にちゃんの雰囲気は今もこの辺りに漂《ただよ》っているじゃないですか」

私は手を周囲に泳がせました。

「うーん。それは、そうなんだけど……」

雁は曖昧に頷きます。

「大体、人は何かを残すために生きているわけじゃない」

私は言いました。

「そう。なんにも残していないとしても、立派《りっぱ》な生き方だった」

雁は言いました。

「徐々にちゃんは本当に素晴らしい人だったね」

私は体を横に倒して、雁の方を向きました。

「うん。徐々にちゃんの晩年を一緒に過ごせて良かったね」

雁も頷きました。

「春から大学生ですね、雁は」

私は手を伸ばして、優しく雁の肩を撫でました。

「うん。床は？　どうするの？」

雁もこっちを向いたので、向かい合わせになりました。

「ワシね、編み物をもっと頑張ってみたいんです。下手《へた》だからこそ、もっと努力してみたい。網田亜未夫先生に弟子入りしようと思うんです」

私は答えました。

「まじで？」

雁はがばりと起き上がり、大きな声を出して騒ぎました。

「うん。次回、網田亜未夫先生に頼んでみるつもりです」

私は言いました。

その週の土曜日の「編み物クラブ」で、私はとうとう、茶色いショールを完成させました。立ち上がり、

「網田亜未夫先生」

と叫びました。

「どうしましたか？」

網田亜未夫先生が私の顔をご覧になりました。

「ショールができ上がりました」

私は、ばっとショールを広げてみせました。

「おお、素敵ですねえ」

網田亜未夫先生がおっしゃると、おばさんたちおばあさんたち、みんなが拍手をしてくれました。私はお辞儀をし、ショールを巻きました。売り物にできるような完成度ではありませんでしたが、きちんと肩にかけられますし、誰が見てもショールと認識できるものにはなっています。

「ワシ、これからもっと、編み物を勉強したいです。生業《なりわい》にしたいと思っています」

私は宣言しました。

「ほお？」

網田亜未夫先生は驚いた顔をなさいました。

「弟子にしてください」

私は腰を折り曲げ、頭をしっかりと下げました。

「いいでしょう。最初に難しく感じた人の方が、あとになってぐんぐん伸びるというのはよくあることです。すぐに編めてしまうと気がつけないことがあります。編めないからこそわかることがあるはずです。ぜひ、これからも編み物を続けてください」

網田亜未夫先生は頷かれました。

「春から、網田亜未夫先生の下について、編み物を勉強させてください」

私は再度頭を下げました。

「わかりました」

網田亜未夫先生は受け入れてくださいました。


私は編み物をこつこつと続けています。

四月に入っても、喫茶「くるみボタン」でマフラーを編んでいます。

これは自分のものではなく、徐々にちゃんにあげようと思って作っているものです。

私は徐々にちゃんが事故に遭《あ》った四つ辻を想像することが止められません。あそこで何度も手を振り合ったのだから、もしも、どこかのタイミングで、「ここは交通量が多くて危ないから、気をつけましょうね」と自分が言っていたら、事態が変わっていたのではないか、とも考えてしまいます。そして、あのガソリンスタンドの建物の白い長方形やカラフルな洗車機の様子が、目の前にありありと浮かんできます。雪の積もり具合、溶《と》けた雪と硬い雪が混ざるところを思い描きます。どのように事故が起きたのか、どうしても想像してしまいます。

編んでいるのは、カーキ色とピンク色のボーダーのマフラーです。マフラーは確かに、簡単でした。ショールのおかげで少しは腕が上がっていたのか、どんどん編めます。カーキ色を十段編んで糸を切り、ピンク色の毛糸で続きを編み始めます。十段ごとに、毛糸を交換します。上手く編めていなくても、毛糸を付け替えるときに、気持ちが切り替わります。

ボーダーはやり直しを肯定してくれます。

「ふう、あともうちょっとだ」

私はひとりごちました。すると、美しいおばあさんがこちらに近づいていらっしゃいました。新聞記事を見たので、名前はわかっています。森川しのぶさんです。

「この、くるみボタンを差し上げるわね。これを縫い付けたら、きっと素敵ですよ。あ、おせっかいかしら？　でも、良かったら、どうぞ。他のものに付けてくださっても構わないのよ」

森川しのぶさんが、エメラルドグリーンのギンガムチェックの布でくるんだくるみボタンを三つ、私のてのひらに載せてくださいました。

「わあ、可愛らしい。ありがとうございます」

私はマフラーの一方の端にくるみボタンを縫い付け、反対側の端にボタンホールを作りました。これで、スヌードにもなります。

いつまでもいつまでも編み物を続けたいです。編み物をしていると、心が落ち着いてきます。四つ辻の想像も次第に穏《おだ》やかになっていきます。

しかし、春もたけなわです。桜が咲き誇っています。暖かくなったら、冬ほどは編み物が似合わなくなります。

編み物は、春を怖くしてくれます。

でも、私は春も夏も秋も、網田亜未夫先生と一緒に編み物を続けるつもりです。このスヌードの輪の上を歩くように、永遠に続く編み物の道を進んでいきたいのです。

開かれた食器棚

「はい、ハワイ丼《どん》」

園子《そのこ》が巨体を揺らして振り返り、二の腕《うで》をぷるぷるさせながら丼をカウンターに出す。

マグロの切り身とアボカドと万能ねぎを醬油《しょうゆ》とごま油で和《あ》えたものを、わかめごはんに載《の》せ、糸唐辛子《いとうがらし》を散らしたものだ。

「はーい」

鮎美《あゆみ》は銀縁の眼鏡《めがね》をきらりと光らせながら、波の模様《もよう》がぐるりとプリントされた白い丼を受け取り、おぼんに載せる。

「次に、ロコモコ丼ね」

園子がもうひとつ丼を出す。挽肉《ひきにく》にじゃことピーマンと人参を混ぜ込んで焼いたハンバーグを、白いごはんに載せ、さらにその上に目玉焼きを載っけたものだ。

「はーい。……あら？」

鮎美はハワイ丼の隣《とな》りにロコモコ丼をおぼんに置きながら、小首を傾《かし》げる。

「あ、ごめん。バジルを忘れちゃった」

キッチンから手を伸ばし、園子がバジルの葉を一枚、ひらりとロコモコ丼の上に載せた。

「完璧《かんぺき》ね」

鮎美は頷《うなず》き、料理を運んでいく。

店内には小さな窓しかないのだが、電球があちらこちらに垂《た》れているので十分に明るい。鮎美はおぼんを手に、蟹《かに》やイソギンチャクや波の絵が描いてある壁を横切り、飾《かざ》り棚《だな》の前を通り過ぎる。飾り棚には、ハイビスカスの造花が活《い》けられた花瓶《かびん》が置いてあり、その下にタヒチアン・キルトが敷《し》かれ、ガムラン・ボールがぶら下がり、下の段には鬼《おに》のような顔の木彫《きぼ》りのお面が飾られている。もうひとりのウェイトレスのメグミとすれ違うため、おぼんを少し高くあげる。二番テーブルに辿《たど》りつく。

「お待たせいたしました。ハワイ丼とロコモコ丼です」

鮎美はテーブルに丼を置く。

「あはは」

「ふふ、これがハワイ丼か」

　お客さんたちはなぜか笑う。

　鮎美はぺこりと一礼する。キッチンへ戻る途中で三番テーブルの皿を下げ、シンクで洗っていると、

「菫《すみれ》ちゃんが来るのは三時ね？　楽しみだねえ、初出勤」

　布巾《ふきん》で作業台を拭《ふ》きながら園子が確認する。

「ええ、あの子、時間に正確だから、きっかりに出勤してくると思うわ。私、もう、今からどきどきしちゃって、胸が波打ってるわ」

「楽しみね。私、会うの久しぶりだ」

「でも、何か失敗したら、ごめんね」

「いいじゃないの、失敗したって。それに、鮎美さんが謝《あやま》ることじゃないでしょ？」

「ええ……」

　エプロンの上から心臓の辺《あた》りを押さえながら、鮎美は鯨型《くじらがた》の壁掛《か》け時計を見上げた。針は二時を少し過ぎた辺りを示している。菫が来るまで、あと一時間だ。

　関東地方最果てのこの地で園子と鮎美が「ハワイアン・カフェ」を始めて、もう十五年

が経つ。開店当初は三十八歳だった二人も、もう五十三歳になった。

園子と鮎美は、幼馴染《おさななじ》みだ。園子は農協の事務、鮎美は実家の農業の手伝いをしながら二十代を過ごし、そのあと二人とも地元で結婚をして、それぞれ主婦として穏《おだ》やかに暮らしていたのだが、三十代も終わり近くになってから、にわかに「カフェをやろう」と熱くなり、団結した。園子は元地主の生まれで家がとても大きい。園子の夫は結婚をしてその家に移り住んできた。両親はすでに亡くなっているので、家に関しては夫の意見だけ聞けば良く、夫は元々園子に甘い。案《あん》の定《じょう》、「カフェをやりたい」と園子が言うと一も二もなく賛成してくれ、家の一部を改装して使えることになった。園子と鮎美でいろいろ話し合った結果、蔵で営業しようということになった。園子が場所を提供してくれたことをありがたく思った鮎美は、清水《きよみず》の舞台から飛び降りる気持ちでへそくりからなけなしの四百万円を出し、初期費用に充《あ》てた。小さなカフェといっても費用は様々かかる。その他に地元の信用金庫からも融資《ゆうし》を受けた。古くからある蔵をハワイアンにするということで、「レトロとおしゃれの融合《ゆうごう》だ」と二人は思った。二人とも、ハワイのことをよくわかっていなかった。とにかく、二人は子どもの頃からハワイに憧《あこが》れていて、ハワイをおしゃれだと思っていた。店名はそのまま「ハワイアン・カフェ」にした。

初めはコーヒーしか出していなかった。「カフェ」なので、コーヒーで十分だろうと思ったのだ。ちょうど日本で「カフェ」というものが流行《はや》り出した時期だったのだが、園子と鮎美の住む街は流行に乗るのが遅く、「喫茶店《きっさてん》」はあってもまだ「カフェ」は一軒もなかったので、自分たちはおしゃれの最先端だといい気になった。

店は常に閑散《かんさん》としていた。奇特な客が一日に二人か三人、それもだいたい二人の友人知人がおしゃべりをしに来るだけだった。おぼんを抱《かか》えてぼんやりと、日がな一日二人並んで突っ立っていた。立つのに疲れると、意味もなくテーブルや椅子《いす》を拭きまくったので、店内はぴかぴかになった。昼過ぎに鮎美は保育園へ娘の菫を迎えにいって、夕方は二人で菫をあやしながら店にいたが、暇《ひま》なのでまったく問題なかった。

そもそも、大きな儲《もう》けは期待していなかった。夫たちからも周囲の友人からも「主婦の遊び」だと思われていて、自分たちとしては「真剣なのに」とそれに反駁《はんばく》していたが、実際に「カフェ営業で家族に飯を食わせる」という気概《きがい》は持っていなかったし、「カフェが成功しなかったら人生が崩《くず》れる」というほどの環境にもいなかった。園子の夫は規模は小さいが土木会社を経営していて、贅沢《ぜいたく》をしなければ夫の収入で夫婦二人ぐらい十分に暮らしていけた。鮎美の方は菫のためにできたらもっと稼《かせ》ぎたい、という野心をこっそり持っていたのだが、スーパーマーケットの店長をしている夫の収入は悪くなかった。こういう環境でカフェを始めたのだから世間《せけん》から「遊び」だとか、「趣味」だとか、「甘い」だとかと笑われても仕方なかった。自分たちとしても、「成功」も「競争」も関係なく、「仲良く、楽しくやりたい」という気持ちが強かった。まずは、とんとんでやれれば、と気楽に考えていた。

しかし、これではとんとんどころじゃなく赤字で、信用金庫の借金を返すのに何年かかるかわからない。それに、お客さんからのリアクションがないとカフェを開く意義を見出せず楽しくならない。

「コーヒーだけじゃ駄目《だめ》だ」

園子がつぶやいた。半年かかってようやく、そのことに気がついた。

「ねえ、園子さんのお料理を出したらどうかしら？　今、来てくれている人って、主婦の方が多いでしょう？　リーズナブルなランチを提供するのはどうかしら？」

鮎美は提案した。園子は料理が得意だ。子どもの頃から、クッキーや煮物を作っていた。切ったり焼いたり煮たりといった、細かい作業に没頭するのが大好きなのだ。店をやろうと考えたときにどうして料理をしたいと園子が主張しなかったのか、そっちの方がむしろ謎《なぞ》だった。

「作るよ」

園子は頷いた。

「楽しみね」

鮎美はにこにこした。

「そうしたら、鮎美さんはサービス担当になってくれる？　私はおでぶだから、フロアをうろうろするのは大変だし。いや、もちろんときどきはうろうろするけれど。鮎美さんはきびきびしているからウェイトレスに向いているよ。笑顔もいいし」

園子は言った。

「いいわ」

ここで初めて分業制になった。園子はキッチン担当、鮎美はホール担当だ。

ハワイ丼は一番最初に考えたメニューだ。旅行番組でハワイ特集をやっていて、マグロの刺身《さしみ》とアボカドを和えたサラダのようなものがテレビに映った。そこからヒントを得て、見よう見まねで作った。

「海の料理なんだから、海藻も入れた方がいいんじゃないかしら？」

試作品を食べながら、鮎美が提案した。

「そうだね。マリンだね」

園子は頷き、ごはんにわかめを混ぜ込んだ。わかめがハワイっぽくないというところには二人とも思い至らなかった。

ロコモコ丼が生まれたのは、その二年後だ。やはり、テレビで見て、そういう料理があることを知った。園子はテレビからとても影響を受ける性質《たち》なのだ。

「海の料理なんだから、ハンバーグにじゃこを混ぜ込んだらどうかしら？」

鮎美が提案した。

「そうだね。シーフードだね」

園子は頷き、改作した。じゃこという食材がハワイの人たちに食べられているものなのかどうかを確かめようということは二人とも思いつかなかった。

「あとね、ピーマンと人参を細かく切って混ぜると栄養的にいいわよ。うちは、菫がなかなか野菜を食べてくれないから、そうしているの」

鮎美がそう言うと、園子は野菜も混ぜ込んだ。

しばらくしてから、やはりテレビを観ていて、ポキ丼、あるいは、アヒポキ丼と呼ばれる料理の存在を知った。それは「ハワイアン・カフェ」のハワイ丼に限りなく似た料理だった。アヒというのがハワイ語で「マグロ」という意味で、ポキは「切り身」を指《さ》すらしい。それを知っていれば、最初からハワイ丼ではなくアヒポキ丼と名付けることができたのに、と園子と鮎美は唇《くちびる》を噛《か》んだ。

ちなみに、ロコモコ丼の方は、ロコが英語の「地元」という意味の言葉で、モコはハワイ語で「混ざる」ということを表すものらしい。だったら、ロコモコ丼の方がよりハワイ丼ではないか、と二人は思ったが、今更《いまさら》名称をごちゃごちゃ変更しても混乱するので、そのままで行こう、ということになった。

この、ハワイ丼とロコモコ丼は好評だった。そこで、少しずつ料理やお菓子のメニューを増やしていった。

だが、やっとお客さんの訪れが増え始めた矢先に、ちょっとした事件が起きた。

ある朝、園子と鮎美が出勤すると、蔵の白い外壁の、「ハワイアン・カフェ」という木の看板《かんばん》をぶら下げているすぐ上の辺りに、とても大きな字で、「趣味の店」といたずら書きされていたのだ。「趣味の店　ハワイアン・カフェ」。黒いスプレーで書かれたもののようだ。二人は猛然《もうぜん》と怒った。誰が書いたのかという問題には、心当たりがまったくなかったし、そこに関心は行かなかった。とにかく、「趣味」という言葉に腹が立った。

「違う、断じて趣味じゃない」

園子は叫《さけ》んで、そのままホームセンターへ走っていき、白いスプレーと刷毛《はけ》で塗《ぬ》るタイプのペンキを何色か買ってきた。脚立《きゃたつ》に登って、白いスプレーで「趣味の店」という文字を消し、その上に、「コミュニティ・カフェ」とでかでかとカラフルな文字を書いた。

「なあに？　『コミュニティ・カフェ』って？」

鮎美は尋《たず》ねた。

「さあ？　私もよく知らないんだけど、この前、テレビで『地域に根ざしたカフェ活動。みんなでコミュニケーションを取ろう〝コミュニティ・カフェ〟』っていうドキュメンタリー番組があったの」

「どんな番組？」

「それが、わかんないんだ。見逃《みのが》しちゃって。新聞のラテ欄《らん》で見ただけなの」

園子は平気な顔でそう言う。

テレビからでなくラテ欄の番組タイトルからでも影響を受けてしまう園子に鮎美は呆《あき》れたが、園子の書いた「コミュニティ・カフェ」という文字を見ているとなんとなく「ハワイアン・カフェ」が社会的な使命を帯び始めたように見えて良い気持ちがした。ただ、

「『コミュニティ・カフェ　ハワイアン・カフェ』だと、カフェが重複しちゃうわね。『コミュニティ・カフェ　ハワイアン』の方がいいかなあ」

と笑った。

「いいじゃないの、このままで。……さ、どうせぐちゃぐちゃになった壁だ。菫ちゃんに絵を描いてもらおう。菫ちゃんは絵が上手《うま》いから」

菫は小学校一年生になっていた。学校から帰ってくると、菫はペンキと筆を借りて、蔵

の外壁に椰子《やし》の木や虹《にじ》などのハワイっぽい絵を描いた。子どもの絵でさらに滅茶苦茶《めちゃくちゃ》になり、

「ごめんね、蔵をこんなにしちゃって。大丈夫かしら……」

鮎美ははらはらしたが、

「中もお願い」

園子は笑って、菫に店内の壁へ蟹やイソギンチャクや波の絵を描かせた。

これが功を奏して、「ハワイアン・カフェ」は軌道《きどう》に乗った。

「コミュニティ・カフェ」という単語に惹《ひ》かれてやってくるお客さんが現れるようになった。ひとりで緊張しながらドアを開けたおばあさんに、やはりひとりでお茶を飲んでいたおばあさんが「こんにちは」と挨拶《あいさつ》する。二人は、三十分ほど取るに足らない雑談を交《か》わして、帰っていく。

それから、菫の絵によって子ども連れのお客さんが店に入り易《やす》く感じるようになったらしかった。ある父親は、不登校の男の子と毎日二人でやって来て、二時間ほど勉強をしていく。また、ある母親は赤ん坊を抱えてやって来て、鮎美に育児相談をする。

小学校の間は、菫は普通学級に通っていた。友だちが菫のスピードに合わせてゆっくり歩いて、一緒に「ハワイアン・カフェ」まで帰ってきてくれていた。園子が母屋《おもや》にバック

ヤードのようなスペースを作ってくれているので、そこにランドセルを置く。そのあと、店内が空《す》いているときはテーブルで宿題をする。お客さんが連れてきた子どもと一緒に遊ぶこともあった。「ハワイアン・カフェ」は、平日の朝十一時から夜六時まで、という無理のない時間帯に営業していた。閉店作業のあと、鮎美と菫は歩いて五分ほどのところにあるマンションまで手を繋《つな》いでゆっくり帰る。菫は人見知りをまったくせず、愛想が良かったのでお客さんたちに好かれ、特に子どもたちからの信頼は篤《あつ》かった。菫のたどたどしい会話にみんな合わせてくれていた。高学年になってからは、菫は店にやって来る小さい子たちの面倒をみるようになった。

そして、それでもやはりメインの客層は、園子と鮎美と同世代の、近所の主婦たちだった。孤独な主婦がふらりと寄って、新聞を読みながらコーヒーを一杯飲み、夕飯を作るために帰っていく。

そういった主婦の方たちからちらほら、

「ここはアルバイトを募集していないの？」

ということを尋ねられるようになった。

ちょうど忙しくなってきた折のことだったので、「よし、アルバイトを募集してみよう」と園子と鮎美は話し合って決めた。時給はかなり低めに設定したが、それでも、お金よりもコミュニケーションを求めているらしい主婦の方々が応募してきてくれた。そのときから少しずつ増えて、今のアルバイトは、佳代《かよ》、メグミ、涼子《りょうこ》、美由紀《みゆき》、麻衣子《まいこ》の五人だ。それぞれ週に二日か三日程度しか入らないのだが、一番長い佳代はもう七年目、短い麻衣子でも三年目で、途中で辞《や》めた人はひとりもいない。待遇《たいぐう》がそれほど良くないのに仕事を続けてくれるということは、居心地《いごこち》が良いのだろう。

よく、「女性ばかりの職場は上手くいかない」というフレーズを聞くが、「そんなことは絶対にない。性別に関係なく、みんな仲良くなれる」と、園子も鮎美も思っていた。「女性同士はいがみ合う」というのは、キャットファイトを嗜好《しこう》する人たちの幻想《げんそう》なのではないか。「ハワイアン・カフェ」の人たちは、お客さんを含め、ほのぼのとした関係を築いている。陰口《かげぐち》が囁《ささや》かれたこともない。

「ねえ、これ、お店に合うんじゃないかしら？」

アルバイトの佳代が家族で行ったバリ旅行の土産《みやげ》だと言ってガムラン・ボールという銀の鈴《すず》を持ってきた。ガムラン・ボールは、飾り棚に釘《くぎ》を打ってぶら下げられた。

「これも、ハワイっぽくない？　お友だちからいただいたんだけど、ハワイっぽいからここで使ったらどうかと思って」

涼子がタヒチアン・キルトを持ってきたので、飾り棚の一番上に敷かれた。

「これ、こないだデパートでやっていたアフリカ市で買ったんだけど、どうお？　セイシェルの骨董品《こっとうひん》らしいの」

美由紀が木彫りのお面を持って来た。不気味な顔立ちだったが、魔除《まよ》けになるのではないかということで、飾り棚に置かれた。

みんな、ハワイのことを、単純に「理想の南の島」と捉《とら》えているようで、他の南の島と差別化を図《はか》る気はないらしかった。

それも仕方のないことだ。佳代もメグミも涼子も美由紀も麻衣子も、そして園子も鮎美も、ハワイには一度も行ったことがない。ただ、夢を見ているだけなのだ。


今日のシフトには、メグミが入っている。

「もうすぐ三時ね。菫ちゃん、今日はダンススクールの日？」

メグミはショートカットの頭をくるりと回して、壁掛け時計を見上げる。メグミは四十八歳で、昔はバレーボールの選手だったとのことで背が高い。十歳の子どもがいる。初めは、子育ての相談で訪れていた常連さんだった。「ハワイアン・カフェ」には上下関係がないので、みんなフラットな喋《しゃべ》り方をする。

「ええ、そうなの。ダンススクールが終わったあとに、こちらに来る予定なんだけど……。

ああ、大丈夫かしら?」

鮎美はまた胸を押さえた。鮎美はやせっぽちなので、鎖骨《さこつ》が浮き上がる。

そこに、ちりんちりりんとドアノブにぶら下がっている鈴が鳴って、

「こ、こ、……ちは。今日から、よろしく、お願い、いたします」

にこにこしながら菫が入ってきた。園子とメグミに向かってゆっくりと挨拶し、ぺこりと頭を下げる。高い位置でポニーテールにしている髪がぴょんとはねる。

「初めまして、菫ちゃん。私、メグミです」

メグミが挨拶した。

「は、初めまして、メグミさん、よ、……よろしく、お願い、いたします。菫です」

再び菫は頭を下げた。

「今日はよろしく。久しぶりねえ、菫ちゃん。大人っぽくなったね」

園子は感慨深げに菫を眺《なが》めた。

「もう十八だもの」

鮎美は言った。

菫は、中学生になると近くの中学の特別支援学級に入った。小学校からの同級生と少し距離ができ、また友人たちは部活で忙しくなったこともあり、ひとりで帰ってくるように

なった。下校後は、ときどき「ハワイアン・カフェ」に顔を出して、小さい子と遊んでいた。しかし、高校は少し遠い特別支援学校へスクールバスで通うようになり、ダンスや絵画の趣味ができたこともあって、「ハワイアン・カフェ」には滅多《めった》に来なくなっていた。

特別支援学校を卒業したあとにどうするかということについて、菫と鮎美は何度も話し合った。菫は未来というものをあまり想像しない性質のようで、格別にやりたいことは思いつかず、それでいて不安もないようだった。多くの人が、特別支援学校の卒業後は作業所に通ったり、グループホームに入ったりするのだが、ダンスと絵画の趣味も大事にしてもらいたいし、すぐにずっと先の将来まで決めなくてもいいかもしれない、と鮎美は思った。ダンススクールと絵画教室に通いながら、「ハワイアン・カフェ」でアルバイトをしたらどうか。そう提案すると、菫はにっこりした。園子に相談すると、一も二もなく賛同してくれた。

菫は母屋に荷物を置いて、エプロンを締《し》め、手と腕を洗い、消毒をしてから蔵に戻ってきた。

「菫、どうする？　お皿洗いからお手伝いしてみる？」

鮎美は尋ねた。

「うん」

菫は頷いたが、

「あら、菫ちゃんは接客から始めたらどうかな？　菫ちゃんはサービス部門の仕事の方が得意なような気がする」

園子が言った。

「そ、それだったら、接客を、する」

菫はにっこりと笑った。

生物はたくさんの細胞が集ってできている。

染色体と呼ばれる、ヒモ状のものがすべての細胞に入っている。

人間には二つずつ組みになった染色体が二十三対あるが、菫は二十一番目の染色体が一本多く、三つで組みになっているという個性を持っている。そういう人は、この社会に菫の他にもたくさんいる。遺伝でそうなるのではなく、受精の際に偶然そうなる。

卵子と精子はそれぞれ二十三対の染色体を持っており、減数分裂をしてひとつの受精卵となる。このときに、通常とは異なる本数の染色体ができることがあるのだ。これはどんな夫婦の間にも、若いカップルの間でも起こる可能性がある。

菫の成長はとてもゆっくりだった。首が据《す》わるのも、寝返りをするのも、同じ月齢《げつれい》の子と比べれば、ずっと遅かった。でも、菫なりのスピードで、ちゃんと頑張《がんば》っていることは、鮎美にもわかった。一歳のときは合併症《がっぺいしょう》に苦しんだ。しかし、大きくなるにつれて、丈夫になっていった。周囲の子に比べると小柄《こがら》だったが、常に明るく、なんでも楽しそうにチャレンジする子どもになった。ただ、言葉の理解や発声に高いハードルがあるようで、なかなか周囲と上手くコミュニケーションが取れない。学校で、様々な問題が起きた。今も、舌がもつれて、上手く言葉にならないことがある。それでも、何年も毎日一緒に過ごしてきたので、鮎美には菫の気持ちがよくわかる。今となっては、鮎美と菫の間にはそれほどコミュニケーションの困難はない。しかし、お客さんとはどうだろうか？　菫は人見知りをまったくしないし、いつも笑顔だ。だが、初めて菫のような子と話す人だっているだろう。驚かないだろうか？　何かが起これば、菫は傷つくだろう。できたら自分の目が届くところに菫にいてもらって、自分を通して、菫が周囲とコミュニケーションを取るようにしたい、菫を守りたい、と鮎美は思ってしまう。

それに、菫のような個性を持った人は、多くの場合、パンを焼く仕事や、皿洗いの仕事に従事するのではないだろうか。

とはいえ、菫本人が接客にやる気を出しているのなら、任せるしかないのだ。しかし、心配でたまらない……。

「それじゃあ、今、私がコーヒーを淹《い》れるから、持っていってくれる？」

園子は鮎美の戸惑《とまど》いなど意に介《かい》さず、ことんとカウンターにソーサーを出し、その上にティースプーンを載せてから、カウンター内のコーヒーメーカーにカップをセットした。コーヒーメーカーがうーんと動き出すと、

「はーい」

と菫は返事して、ソーサーをおぼんに載せ、運んでいってしまった。

「はい、コーヒー。……あれ？　ソーサーは？　ありゃ、ソーサーだけ、持っていっちゃった？」

園子がコーヒーカップを持ったまま、ぼうぜんとする。

「あ」

鮎美もそれに気がついて、はっとする。そおっと後ろからついていく。声をかけようか、と思うが、踏《ふ》み止《とど》まる。五歩ほど離れたところから見守った。今、店内にお客さんはひとりだけなので、菫は誰の注文なのかわかる。茶色いタートルネックのセーターの上にグレーのジャケットを羽織《はお》った、学者風のおじさんだ。

「お、お待たせしまし……」

菫はソーサーを持ち上げて、そのまま手を止める。気がついたらしい。

「ありがとうございます」

学者風のお客さんは気がつかないようで、菫に微笑む。

「も、申し訳、ございません。もう少々、お待ち、ください」

菫が頭を下げると、

「あ、ああ、はい」

学者風のお客さんも、持ってこられたのがソーサーだけだったとわかったようで、口の端《は》に笑みを載せる。

戻ってきた菫は、しかし失敗にそれほど傷ついていないようで、

「ごめん、なさい。えへへ」

と笑っている。

「まぼろしのコーヒーを持っていっちゃったのね」

メグミも笑う。

「うふふ」

鮎美も笑った。

「ごめんねえ。私が先にソーサーを出しちゃったものだから。はい、コーヒー。もう一回、運んでくれる？」

園子がソーサーの上にコーヒーカップをかちゃりと載せる。

「お待たせしました。ホットコーヒーです」

菫は再び運んでいき、二度目のせいだろうか、するりと言葉を出した。

「ありがとうございます」

学者風のお客さんはにっこりして受け取る。

ああ、大丈夫だ、と鮎美は思った。こういう失敗は、べつに染色体のせいじゃない。誰でもやることだ。あっと驚くようなミスを、鮎美もやったことがある。水差しとミルクポットを間違えて花に牛乳をやってしまったり、何度も何度もおつりを間違えたり、自分の失敗は枚挙にいとまがない。でも、大丈夫だった。どうして、菫の場合は失敗したら大変だ、と考えてしまったのか。大丈夫じゃないか、と鮎美は思った。

そして、鮎美は、菫が生まれたときに泣いて泣いて、半年くらいしてからやっと園子に相談をしたことを思い出した。


生まれてから生後六ヶ月までは、とにかく菫を生き続けさせることに必死だった。菫はおっぱいを吸う力が弱いらしく、鮎美は一日中、少しずつ何度も飲ませ続けた。家の中だけで過ごした。外出は怖かった。人目につくことを恐れた。友人にさえ娘を見せるのをためらった。今から思えばそれは、かわいそうに思われるのではないか、下に見られるのではないか、というくだらない恐怖だった。だが、意を決して菫を連れて園子の家へ行ったとき、園子はちっとも下に見なかった。

「まあ、なんて可愛《かわい》いの。私はなかなか子どもに恵まれないけれど、こんな風にときどきでも小さい子と触れ合えたら、すごく嬉《うれ》しいよ。また遊びに来てね」

と菫の腕を撫《な》でた。それからはちょくちょく、菫を抱っこして園子の家に遊びに出かけた。

園子から勇気を与えられて、鮎美は他の人とも子連れで会うようになった。下に見られているように感じるときがないわけではなかったが、下に見られたところで実害はなく、大したことはなかった。それに、人を下に見るという行為の方がおかしいのだから、それは自分の問題ではなく相手の問題だ。意に介さなければ良いのだ、と鮎美は気がついた。

一歳になったばかりの、それも同年齢の平均的な子どもよりもずっと小さな体に、合併症による心臓の手術を施《ほどこ》すことが決まり、鮎美は菫を抱きしめて泣いた。手術のときは、夫と手を握《にぎ》り締《し》め合って終わるのを待った。

術後はどんどん元気になっていった。とてもゆっくりとした成長だが、ハイハイを始め、立ち上がり、二歳になると歩けるようになり、トイレもできるようになった。三歳になって、保育園に入ることが決まった。

「ねえ、カフェをやろうよ。……覚えているかな？　私は覚えているよ。小学生のときの作文に、『大きくなったら、園子さんと二人でお店屋さんを開きます』って鮎美さんが書いていたこと」

園子の家でこたつに入ってお喋りしていたとき、園子が急に誘ってきた。

こんなに育児が大変なのを側《そば》で見ているのになんてことを言い出すのだろう、と鮎美は最初に怒りが湧《わ》いた。

「まだ菫が小さいし……。私が働いたら菫がかわいそうだから」

鮎美が俯《うつむ》くと、

「かわいそうなわけがない」

園子はきっぱりと言った。

「だって、菫のことに集中しなくちゃ……」

鮎美が言いかけると、

「ねえ、菫ちゃんだって、カフェで働いてみたいよねえ？　コーヒーっていう、大人専用のおいしい琥珀色《こはくいろ》の飲み物を提供するお店だよ。菫ちゃん、コーヒーカップを、取ってきてくれる？」

園子は菫の手を取って、話しかけた。鮎美は片眉《かたまゆ》を上げた。「〇〇を、取ってきてくれる？」なんて科白《せりふ》を、鮎美が菫に向かって言ったことは、それまで一度もなかった。菫にできるわけがない。きっと園子は相手にできるわけがないことを笑いながら言うのが冗談《じょうだん》になって面白いと考えているに違いない、どうしてそんなことをして菫を傷つけるのか、と鮎美は思った。だが、

「うん」

菫は頷き、園子の手を離し、台所の方へ顔を向け、白木にガラス窓が付いている食器棚へ向かってすたすた歩いていった。

「え？　コーヒーカップっていうのが、なんのことだかわかるの？」

鮎美は驚いた。菫はまだ喃語《なんご》のようなものばかり喋っていて、意志を伝えるときは曖昧な単語を繰り返すだけだった。コーヒーカップという言葉はもちろん、コーヒーカップに似た発音も菫から出たことはなかったし、鮎美から教えたこともなかった。

「うん」

菫は食器棚の上の方を指さした。

「そう、それだよ。おばちゃんが抱っこしてあげる」

園子は立ち上がって菫を追いかけ、抱っこして食器棚の上の段に菫を近づけた。すると、菫は食器棚のつまみを握り、ぐいっと扉を開けた。

「……アップ」

菫は迷わずコーヒーカップに手を伸ばして、両手で取り出した。ぼってりとした白い陶《とう》器《き》のコーヒーカップで、紺色《こんいろ》と金色のラインが縁にぐるりと付いていた。

「そうだよ、そうだよ。コーヒーカップだよ」

園子は笑ってそれを受け取った。

そんなことがあるわけないのに、食器棚の奥から風が吹いてきた。その風は、こたつに座っている鮎美のところまで届く。鮎美は爽《さわ》やかな風におでこの前髪をそよがせた。そして、菫が今、幸せなことを知った。これからもずっと幸せだろうということも。

他の子と比べなければ、菫におかしなところなんてない。

どうしてこれまでは、菫に何かを頼もうと思わなかったのだろうか。なぜ、こちら側がやってあげることばかり考えていたのだろう。これからは、もっと菫を信じよう。そう鮎美は思った。

「……上手くいくかな？　カフェ、私たちにやれるかな？」

鮎美は園子をまっすぐに見た。

「ゆっくり、ゆっくりやればいいのよ。成功や達成を求めるより、過程で幸せにならなくっちゃ」

園子は言って、菫の取り出したカップに、鮎美のためのコーヒーを注いでくれた。

あのときから、十五年も経った。

「ああ、ハワイ、素敵なんだろうなあ」

カップを洗い終えたあと、エプロンで手を拭きながら、メグミが呟《つぶや》く。

学者風のお客さんは帰ってしまって、店内はがらんとしている。

「そうね」

鮎美はキャッシャーの中のお金を数えながら、笑った。

「いつか、お店のみんなで、ハワイに行けるといいね。研修旅行と称して」

キッチンで明日出すクッキーのための粉をふるいながら、園子が言った。この科白は、もう何年も前から何百回と出されているのだが、現実味はない。

「ハワイ、行きたい、な」

菫は遠くを見るような目つきをして笑った。

「どんなところなんだろうねえ。虹がたくさん架《か》かるらしいわねえ」

鮎美も遠くを見る。

「ヴィラでのんびりしたいねえ。自分専用のプールにのんびり浸《つ》かって」

園子が言う。

「ヴィラって、主にバリ島にあるんじゃなかったかしら？」

鮎美はつっこみを入れた。

「ハワイは空気がカラッとしているんだってね。湿気の多いバリ島とは違って。……と言っても、私はバリ島も行ったことないから、よく知らないんだけど」

メグミは肩《かた》をすくめた。

「私なんて、外国ってものに一度も出かけていないのよ。一生、日本だけ」

鮎美は言った。

「め、目を、瞑《つぶ》ると、波の音が、聞こえる」

菫はまぶたを降ろした。

「そうね、空想のハワイもいいものよね」

メグミも賛同して、目を瞑る。みんなで目を閉じて、しばし、各々の頭の中にそれぞれのハワイを浮かべた。それから、

「ねえ、菫ちゃんは、フラダンスを習っているんだよね？」

再びふるいを動かし始めた園子が、片手で波のような仕草をして見せる。

「うん。お、踊って、みせよう、か？」

菫が頷く。菫はダンススクールで、フラダンスのクラスに通っている。おそらく、「ハワイアン・カフェ」の影響で、ハワイっぽいものに興味を持ったのだろう。

「踊ってくれるの？」

ぱかっと卵を割りながら、園子が目を輝かす。

「わあ、ぜひ踊ってみせて」

メグミも言う。

すると、テーブルとテーブルの間の空《あ》いているスペースで、菫は、ららら〜、とハワイ風の音楽を口ずさみながら、腕を揺らし、腰《こし》を動かし、左右にステップを踏んで、店内を南国にした。

「わあ、素敵、素敵」

園子が拍手《はくしゅ》をする。

「ありがと」

菫はぺこりとお辞儀《じぎ》をする。

「上手ねえ、本当に波のように腕を動かすのね」

メグミが褒《ほ》める。

「えへへ」

菫は笑う。

「上手くなったわね」

鮎美も微笑んだ。

「ダンスができるっていいなあ。私も習おうかしら。暮らしが豊かになるよね」

園子が言った。

「でも、菫のは趣味の範囲《はんい》よ。ダンスのプロなんて目指していないのよ」

鮎美は手を振った。

「趣味もいいよね。私、昔は『趣味』より、『仕事』の方が上って思っていたけれど、だんだんと『趣味』っていうものの大事さがわかってきたの」

園子が、クッキーのタネを練《ね》りながら言う。

「そう？」

鮎美が聞き返すと、

「『生活の質』ってものが上がるじゃない？　余暇《よか》を豊穣《ほうじょう》なものにすればね」

園子は頷いた。

「そう……」

顎に手を当て、鮎美はしばしもの思いに耽《ふけ》った。

鮎美がこのところ、新聞を読んでいて必ず切り取るのは、「出生前診断《しゅっせいまえしんだん》」という言葉が入った記事だ。最近では、妊娠中に母体血細胞《ぼたいけっさいぼう》フリー胎児《たいじ》遺伝子検査や羊水《ようすい》検査を行って、胎児の染色体を調べることについての是非がさかんに議論されている。鮎美はもう子どもを授かることはないだろうから、鮎美自身には関係のない話だ。

ただ、こういう記事を見るとき、自身が出産を経験した時代に「出生前診断」というものが広まっていなかったことにほっとしている自分がいるのを、鮎美は感じる。

近頃では医療の分野だけでなくマスコミや生活の中にも三十五歳という年齢にくっきりとした線が引かれて、それ以上の年齢の人が出産することを「高齢出産」と呼ぶようになったが、鮎美が菫を妊娠した時期にはそういったことは世間であまり知られていなかった。鮎美も菫を出産後に知った。鮎美が菫を産んだのは、ちょうど三十五歳を数ヶ月過ぎたところだった。周囲の人で、「妊婦の年齢が上がるに従って流産や染色体の問題を抱える子を産む確率が少しずつ高まっていく」といったことを知っている人は稀《まれ》だったので、社会から自分が責められているように感じることはなかった。

だが、もし今の時代に授かっていたとしたらどうだろう、と鮎美は考える。

菫をここまで育て上げた今となっては、「検査はしたくない」としか思えず想像が難しいのだが、ゆっくりと頭を巡らせる。

当たり前のことだが、「高齢出産」は推奨《すいしょう》することではない。若いうちでの出産がもっと簡単になるように、社会全体で努力していかなくてはならない。

だが、現実問題として、結婚の平均年齢が上がり、未婚での出産が少ない日本では、「高齢出産」が増えてしまっている。

羊水検査は三十五歳以上の「高齢妊婦」などが対象になり、妊婦自身の判断でその検査を受けるか受けないかを決める。お腹に針を刺して行う検査であり、低い割合だが流産が起こる可能性もあるから、簡単に行うことはできない。また、「命の選別」に繋がるなどの倫理上の問題がまだ議論中なので、医師が積極的に検査を勧めることはあまりない。だが、十年ほど前からこの検査が広く知られるようになり、検査を受ける人が急速に増加している。

つい最近、「新型出生前診断」とマスコミに呼ばれている母体血細胞フリー胎児遺伝子検査が認可された。こちらはわずかな量の血液で行うことができ、妊婦に負担の少ない検査だ。ただ、あくまでその可能性が高いか低いかを示すものなので、陽性と出た場合、次に羊水検査へ進んで、確定診断を受ける必要がある。

現在の日本において、検査を受けた人の中では、結果が陽性だった場合に堕胎《だたい》を「選《せん》択《たく》」する人の割合が高いようだ。

鮎美の想像が及ばないようなたくさんの事情が、人それぞれにあるのに違いない。その選択をした人を決して責めることはできない。

あるいは、「どんな子でも育てるつもりだが、子どもの染色体に問題があるようだったら、早くから準備を始めたい」という理由で検査を受ける人もいるという。

だが、数ヶ月早く知ることに、それもまだ赤ちゃんの顔を見ていないときに知ることにメリットがあるだろうか、と鮎美は首を傾げてしまう。

先天性の生きづらさを抱えている子どもは菫のような染色体による理由の子の他にもたくさんいるが、染色体の理由ではない他の生きづらさについての検査は妊娠中に行えるものがほとんどなく、胎児の時点で診断できないので、生まれてから数ヶ月後、あるいは数年後にその理由が判明することもままある。母親はすでに慈《いつく》しんで育ててきているので、症状に名前が付くと、決して驚愕《きょうがく》したり、「いっそこの子を殺して私も」と極端な考えを起こしたりすることなく、むしろ「ああ、やっぱり。訳がわかって、ほっとした」と感じる人が多いようだ。もちろん、悲しんだり、悩んだりはするわけだが、受け入れていく努力にスムーズに移行できる。

菫は染色体の問題を抱える子だった。この場合、妊娠中、あるいは、生まれてすぐに診断される。鮎美の場合は、出産後、菫に会う前に知らされた。鮎美は、すぐに赤ちゃんに会うことができなかった。夫だけが医者に呼ばれて「その疑いがある」と言われ、夫が鮎美に教えた。検査をして、三日後に確定したのだが、鮎美としては、せめて赤ちゃんの顔を見て愛情を湧かせたあとにその言葉を言って欲しかった。会う前だと、言葉だけが突《つ》き刺《さ》さってくる。子どもと関係を築きながら「なるほど」と腑《ふ》に落ちていくのではなくて、個性とはまったく関係なく、一般的な概念だけが降ってくるように感じられた。

個人としての子を知る前に、グループ分けで存在を知らなければならないことはつらい。カテゴライズでしか子どもを認識できないのはあまりにも寂しい。

子どもに関する情報はなんでも早期にわかった方が良いという考え方にも一理ある。しかし、現在のところは、染色体の問題を早期に発見できたとして、治療や申請《しんせい》などの準備を進めようと考えても、妊娠中にできることというのはあまりない。少なくとも、鮎美が集めている情報の中には、妊娠中に進めることができる治療だとか申請だとかはない。

鮎美は、赤ちゃんの性別も出産前に知ることを望まなかった。女の子なのか男の子なのかを早く知った方が準備できたこともあったかもしれないが、準備よりも大事なことがあると考えた。

菫みたいな子を育てることに、自信があるとかないとかは関係ない。自信をつける必要も、過剰《かじょう》な情報収集をする必要もない。

どんな子にしろ、鮎美は、世間から認められるような「立派《りっぱ》な子育て」ができる自信など持っていなかった。生活に困るほどには収入に悩んでいないが、決して富裕層ではないし、情報収集力もそれほど高くないのだから、完璧な教育を受けさせたり、病気のときに最善の治療を施したりということはできないだろうと思っていた。そして、実際にできなかった。でも、自分らしく、できる範囲のことにせいいっぱい取り組んだ。全体的な視点で自分の子育てを他人から見られたときに自分が良い親であると判断されるかどうかはわからない。しかし、個人的な意味においては、ちゃんと子どもと向き合って子育てをやれた、と自分で思う。それは、菫のような子でも、そうでない子でも同じだっただろう。

だから、少なくとも鮎美の場合は、「数ヶ月でも早く診断してもらって準備をする」という必要はまったくなかったと思っている。

どんな子が生まれても、あるいはどんな子が生まれるか早めにわかっても、「完璧な育児」はできない。それなら、子どもの尊厳を優先したい。

ただ、「高齢出産」には、子ども自身のためにどうするか、ということだけでなく、対外的な問題もある。

このところ、国の財政状況があまり良くないせいか、税金の使い道に細かい意見を持つ人が多くなったようだ。

「自己責任」という言葉が流行り、自分で選択した道で困難に陥《おちい》った人に税金を使うことを渋る人たちが増えた。

「『自然』に不幸になった、『自分たちと同じような人生を歩んでいる日本人』だったら税金で助けてあげることに異存はないが、そうではなく、自分の『意志』で困った状況に陥った人ならば助けたくない」ということだ。

「家族内で助け合え」という科白も多く聞かれるようになり、まるで時代を逆行しているみたいだ。

それならばなぜ、人間は社会を成熟させたのだろうか。大きなコミュニティを作って助け合おうとしてきたのではなかったのか、と鮎美は不思議に思う。

ただ、鮎美も、菫が園児や児童だったときには、「自己責任」「家族内で助け合え」に似た考えを持っていた。

菫が赤ちゃんだった頃、鮎美は菫が不幸なのではないかと悩んだ。だが、三歳の菫が食器棚を開けてからは、菫自身が幸福であることに疑いがなくなった。しかし、今度は、対外的なことで心労を覚えるようになった。保育園や小学校で、周《まわ》りの親御《おやご》さんに優しく接せられると、恐縮してしまう。本当は、友だちに迷惑をかけているのではないか、授業の足を引っ張っているのではないか、と心配になる。そして、他の子たちよりも菫は多めの税金を使ってもらいながら大きくなり、自分が死んだあとは他人にお世話になるだろうことを思うと、社会に対する申し訳なさでいっぱいになった。

しかし、ここで縮こまってはいけない、とだんだん思い直すようになった。もし、自分も「菫に税金を使うべきではない」と考えるようになったら、それはやがて、「社会にとっては菫のような子はいない方が良い」という考えに繋がっていくのではないだろうか。菫だけではなく、他の菫のような子たちに対しても、自分がそう考えている、ということになってしまうのではないか。

そもそも、「進化の過程において、サルが、『たくましく、強い』という個体だけでなく、『優しくて、弱い』という個体にも価値を見出したから人間が生まれた」という説があるらしい。走るのが遅くて、狩りができなくても、社会の潤滑油になる存在は大事にされただろうし、また、そういった弱い個体を気にかけたり守ったりする役割も社会における重要なものと認識されるようになっていったのだろう。その新しい価値観の発見が、人間を人間たらしめた。そうやって、社会的動物は進化してきたのだ。「強い国になって周りを見下す」というようなことを目標にする社会が持続するとは思えない。「多様性を認めて、弱い存在も生き易くする」という社会の方が長く続いていくのではないか。「国益のために軍事費に金を充てて、福祉《ふくし》をないがしろにした方がいい」なんて、鮎美には到底思えない。この国を「弱い子は産まなくて良い、強い子だけをどんどん産め」という社会にするわけにはいかない。誰だって平和を希求する気持ちは同じだろうが、はたして、「他国よりも強くなることで平和を維持できる」なんていう考え方をしながら戦争を避けられるだろうか。弱い子を産み育てる環境を整えられる社会を作ることこそ反戦に繋がるのではないか。

だから、縮こまってはいけない。堂々としよう、と菫が中学校に上がった辺りから改めるようになった。

鮎美は頬に手を当て、「意志」と「自然」を分ける風潮についても考えてみる。

染色体の問題が検査でわかるとなると、「検査の結果が陽性というのを知った上で産むという『選択』を妊婦自身でした。自分の『意志』でそういう子を産んだ」、あるいは、「検査を受けないという『選択』を妊婦自身でした。つまりはそういう子を自分の『意志』で選んだ」と世間から判断されることになりはしないだろうか。

この頃の社会では、「『高齢出産』を自分の『意志』で決めた」という人を責める空気も生まれ始めているようだ。

自身を振り返ってみる。鮎美としては、結婚や出産が「意志」によるものだったのか、

「自然」なものだったのか、自分でもはっきりとはわからない。

三十五歳での出産を若いときから目指していたのかといえばもちろん答えは否《いな》で、二十代前半の頃から「結婚したい」「子どもを産みたい」と思っていた。

しかし、それが実行できなかったのは、やはり怠慢《たいまん》だったのかもしれない。今でいうところの「婚活」だとか、「自分磨き」だとかといった類《たぐ》いのものすごい努力はしなかった。そして、決して結婚相手に多くのものを求めたつもりはないし、選《え》り好《ごの》みをしたようにまでは考えていなかった。自分には思えないのだが、「誰でもいいから、自分を好きになってくれた人とする」とまでは考えていなかった。清潔感は心がけたし、好きな人には「好きです」と伝えてきたが、それでも、「三十歳までに結婚できなかったら、ものすごくたいへんなことになる」というほどの危機感を持って生きることはしていなかったと思う。

三十五歳という年齢がここまで強調される世の中になってくると、たとえば自分のように、三十五歳と数ヶ月で出産する人は胸を苦しくさせ、半年ほど早く子どもを産んでいれば、と考えることにはならないのだろうか。当たり前だが、三十五歳で急に何かが変わるわけではない。それに、若い人でも流産をする確率は実はかなり高く、十代、二十代の人が染色体の問題を抱える子どもを産むケースもたくさんある。妊婦の年齢が高くなるに従って確率が少しずつ上がっていくようだ、という研究結果があるにすぎない。

もちろん、行政ではどこかで線引きをした方が効率的だから年齢を決めて福祉活動に努めるのだろうし、病院ではたくさんの患者に対応するためにとりあえずの線引きをして医療行為をするのだろう。

しかし、実際にはなだらかな線だったり、個人差が大きかったりする問題を暮らしの中にまで持ち込む必要はないのではないか。

様々な人が周知に努めたので、三十五歳問題は当事者ではない多くの人も知るようになった。

現在の社会では、三十五歳という年齢に濃く強い線が引かれ、まるで性別が変わるくらいの分け方をされることもある。結婚相談所では、女性は三十五歳以上になると、がっくりと紹介され難《にく》くなるという。

どのように年を取っていくかという問題には、「意志」と「自然」が絡み合っていて、鮎美には上手く判別できない。

「生活の質」「クオリティ・オブ・ライフ」という言葉は、主に介護や医療の場面で使われることが多いが、「生活の質」を上げるのはこの社会を生きるすべての人間の課題だろう。

どのように時間を過ごして、何をどのタイミングで行って、何に幸福を見出すか。生き続けるだけでなく、どう幸せになるか。すべてが自分の手の上にある自由なもののように思えるが、環境や体質によって決まっていくこともたくさんある。

何が「意志」で何が「自然」かをきっちり分けなくても良いのではないか、と鮎美には思えてくるのだった。

ちりんちりりんとドアノブの鈴が鳴って、

「二人です」

と指を二本見せながら、グレーのパーカを着た大学生くらいの男の子が入ってくる。後ろから、やはり大学生風の女の子がオレンジ色のミニスカートを揺らしながらついてくる。おそらく、カップルだろう。

「いらっしゃいませ」

鮎美が迎えると、

「いらっしゃいませ」

メグミも挨拶し、

「い、いらっしゃいませ」

菫もにっこりした。

「お好きなお席にどうぞ」

鮎美はそう言って、グラスに水を注ぎ、おぼんに載せる。

「い、行ってくる」

菫がおぼんに手を伸ばしてくる。

「じゃあ、頼むわね」

鮎美は菫におぼんを渡した。やはり、胸がどきどきする。若い人たちが、菫のことをからかったり、奇異な目で見たりしたらどうしよう、と考えてしまう。

「ど、どうぞ」

しかし、菫は何も恐れていないし、そのカップルがドアを開けた瞬間からカップルに心を開いている。ことり、ことりと、にこにこしながらテーブルにグラスを置く。

「あ、注文を、いいですか?」

女の子が、菫をじっと見て言う。ウェイトレスに対する通常通りの接し方だが、心持ちゆっくり喋ってくれているようだ。

「はい」

菫が頷く。

「アイスコーヒーを、ひとつと……」

女の子が言うと、

「ホットコーヒーを、ひとつください」

男の子も丁寧《ていねい》に続ける。

「……え、え」

菫が言い淀《よど》んだので、鮎美は駆け寄りたくなるが、やはりぐっと堪《こら》えて踏み止まる。

「素敵なお店ですね」

女の子がぐるりと店内を見る。

「あ、ありがとうございます。アイスコーヒーをおひとつ、ホットコーヒーをおひとつ。少々、お待ち、ください」

菫はにっこりしてから頭を下げ、戻ってきた。子どもの頃によくここへ遊びに来て、鮎美の接客を見ていたから、ウェイトレスの科白は頭に入っているのだろう。

園子がアイスコーヒーとホットコーヒーを作り始める。

「ああ、ハワイ、素敵なんだろうなあ」

もう一度、メグミが言う。お客さんがいるので小さな声だ。

「行ってみたいなあ、ハワイ」

鮎美も被せる。

そこに、ちりんちりりんとまたドアノブの鈴が鳴る。

お客さんだろうか、と一同ドアの方を見ると、アルバイトの麻衣子だった。

「こんにちは」

麻衣子は四十三歳で、小柄でぽっちゃりした体型だ。茶色い髪の毛をシニョンにまとめている。子どもがいて、上の子が十五歳で、下の子が五歳だ。下の子にまだ手がかかるので、アルバイトには週に二回しか入っていない。

「あら、麻衣子さん。いらっしゃい」

今日のシフトに麻衣子は入っていないはずだがどうしたのだろう、コーヒーを飲みに来たのだろうか、と不思議に思いながら鮎美が迎えると、

「あのね、家族で旅行をしてきたから、お土産を持ってきたんだ」

麻衣子は大きな紙袋を持ち上げて見せた。

「まあ、ありがとう」

園子がカウンターにホットコーヒーとアイスコーヒーを出しながら言う。

「ハワイっぽいから、『ハワイアン・カフェ』に合うかな、と思って」

麻衣子は袋を鮎美に渡す。

「わあ、何かしら。重いわ」

鮎美は受け取って、そのずっしりとした重さに驚く。石のようなものに感じられる。袋から箱を取り出し、封《ふう》を切る。

「何？　何？」

メグミが近寄ってくる。

「シーサーだわ」

鮎美は言った。ライオンのような顔をした伝説上の獣の像が二体入っていた。

「昨日まで沖縄《おきなわ》に行っていたの」

麻衣子はにっこりする。

「とうとう、日本の南の島も参入してきたか」

園子が、あはは、と大きな声で笑った。

おぼんにアイスコーヒーを載せようとしていた菫は手を止めて、にっこりする。

メグミも、鮎美も、お客さんも一緒になって笑った。

こうして、「ハワイアン・カフェ」の入口の両脇にはシーサーが置かれることになった。

山崎ナオコーラ
YAMAZAKI NAO-COLA
★
一九七八年、福岡県に生まれる。國學院大學文学部日本文学科卒業。

二〇〇四年、会社員をしながら書いた「人のセックスを笑うな」で第41回文藝賞を受賞し、作家活動を始める。

著書に、小説『人のセックスを笑うな』『浮世でランチ』『カツラ美容室別室』『ニキの屈辱』『昼田とハッコウ』『可愛い世の中』『反人生』のほか、エッセイ集『指先からソーダ』『太陽がもったいない』などがある。

初出／ネンレイズム…『文藝』二〇一五年秋号
開かれた食器棚…『文藝』二〇一五年冬号

ネンレイズム／開《ひら》かれた食器棚《しよつきだな》

★

二〇一五年一〇月二〇日　初版印刷
二〇一五年一〇月三〇日　初版発行
著者★山崎ナオコーラ
装幀★名久井直子
編み物制作★横尾香央留
発行者★小野寺優
発行所★株式会社河出書房新社
東京都渋谷区千駄ヶ谷二‐三二‐二
電話★〇三‐三四〇四‐一二〇一［営業］〇三‐三四〇四‐八六一一［編集］
http://www.kawade.co.jp/
組版★株式会社創都
印刷・製本★三松堂株式会社
Printed in Japan

ISBN978-4-309-02416-5

河出書房新社
山崎ナオコーラの本

YAMAZAKI NAO-COLA

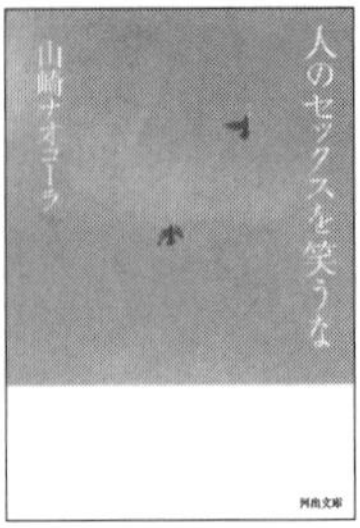

人のセックスを笑うな

19歳のオレと39歳のユリ。恋とも愛ともつかぬいとしさが、オレを駆り立てた……映画化もされた、せつなさ100％の恋愛小説。選考委員絶賛の文藝賞受賞作。

浮世でランチ

私と犬井は中学２年生。学校という世界に慣れない２人は、早く大人になりたいと願う。14歳の私と25歳のOLになった私の“今”を描き出す、文藝賞受賞第一作。